KB270315

그 날의 축제

그 날의 축제

이선우 수필집

선우미디어

  편집자라는 직업 덕분으로 나는 다른 이들의 작품집을 내는 일에 매달려 왔다. 그래서 내 딴에는 작품을 보는 안목만은 제법 있다고 자부해 왔었다. 그런데 막상 글을 쓰고 작품집을 엮으려 하니 이론과 실제 사이의 거리가 얼마나 큰지 절감한다.

  요즘 수필이 신변잡사여서는 곤란하다는 추세이나, 내 경우 그때 그때의 관심이 나의 사고를 지배하고 그것이 구체화되어 글이 된다. 나의 관심사란 게 소소한 일상사에 불과하여서 거둬들인 소출을 가판대에 진열해 놓고 보니 얼굴이 붉어진다. 아무튼 내 인생 길 이쯤에서 매듭 하나를 짓고 또 다른 시작을 하고 싶다.

  4부로 나눈 것의 별 의미는 없으나 1부에서는 무늬로 보여진 내 모습을 2부는 열정을 잃어버린 삶이 안타까워서 바둥거리는 안간힘이고, 3부에서는 어제와 오늘에 걸쳐 지울 수 없는 나만의 빛깔을 구현해 보고 싶었고, 4부에서는 신인 같은 미숙함에서 성숙에의 염원을 담아 보았다.

  끝으로 부족한 글을 돋보이도록 애써 표지화를 그려주신 박선교님께 고마움을 표한다.

2002년 만추에   이 선 우

차례

■ 책머리에

1. 무늬

2. 열정

1
무늬

왕비의 어금니

무심천에는 벚꽃이 쏟아지고 있었다. 딸아이는 종종거리며 떨어진 꽃잎을 주워서 어미에게 선물이라며 내민다. 조그마한 손바닥 위에 놓인 꽃잎 위로 오래 전에 보았던 왕비의 어금니가 포개졌다.

이따금씩 떠오르던 왕비의 어금니, 그것은 어금니라기보다는 한 장의 예쁜 꽃잎이었다.

십여 년 전 일이다. R선생님의 배려로 백제문화권 유적 답사팀에 합류하였다. 본관이 경주인 내게는 신라의 피가 흐르는지 모를 일이지만 나는 고향이 있는 백제 땅에 더 친근함을 느낀다. 그때의 백제지역 답사는 고향을 깊이 알게 되는 귀한 시간이었다.

이선우 수필집

　답사 중에 들른 공주박물관에서는 관람에 앞서 문화재 전문위원이 무녕왕릉에서 발굴된 유물을 중심으로 슬라이드를 한 장 한 장 넘겨가면서 역사적 의의까지 곁들여서 설명해 주었다. 이어서 박물관 안에 들어갔을 때는 방금 슬라이드를 보며 익힌 유물들이어서 훨씬 구체적인 느낌으로 관람할 수 있었다.

　어둑한 박물관에 전시된 왕과 왕비가 누워있던 목관에는 그들의 시신이 산화된 티끌 같은 게 얹혀 있었는데 손으로 쥐면 내 손안에 들만한 부피였다. 우리의 육신이 언젠가는 거기 쌓인 먼지처럼 된다는 것을 그때 실감하였다. 왕과 왕비가 썼던 금관, 왕비가 걸었던 옥목걸이, 금핀, 매지권(買地券) 등을 훑어나가다가 투명한 작디작은 유물 앞에서 발을 멈추었다. 팻말에 '왕비의 어금니'라 적혀 있었다. 그것은 마치 꽃잎처럼 얇고 투명했으며 보석처럼 반짝였다. 왕비의 어금니를 보는 순간, 1천5백 년 전 여인이 환생이라도 한 듯 사락사락 비단 치맛자락 끌리는 소리가 들렸다.

　앞서 문화재전문위원은 왕비는 왕보다 3년 늦은 526년에 죽어 무녕왕과 합장되었는데 그녀의 향수(享壽), 간지(干支), 이름조차 기록에 없다고 했을 뿐 왕비의 어금니에

관하여는 한마디 언급이 없었다. 도록을 사서 자세히 읽어 보았으나 역시 그것에 관한 기록은 없었다. 고고학적 가치로서의 왕비의 어금니는 출토된 동전조각이나 구슬보다도 언급할 가치가 없는가보다.

그럴수록 나는 그녀에게 강하게 끌렸다. 그러나 그녀에 대한 나의 호기심은 같은 여자로서의 속물적인 것이었다. 그녀가 얼마큼이나 아름다웠는지, 지아비의 사랑을 받았는지, 몇 살에 이승을 하직하였는지, 자식은 있었는지, 여인으로서 행복한 삶을 살았는지… 등이었다.

무녕왕은 백제의 강력한 통치자였다. 그런 왕의 왕비로 간택되었으니 당대 최고가문에다가 지덕체(智德體)를 두루 갖춘 최고의 미인이었을 것이다. 왕의 육신은 모두 티끌로 산화되었는데 비해 남아 있는 어금니로 보아 그녀는 건강한 치아를 지닌 채 사망했을 터이고 요절이라도 한 것일까. 어금니나마 산화하지 못할 만큼 이승에 한(恨)이나 미련이 있었던 것일까. 이쯤에서 그녀에 대한 나의 상상력은 벽에 부딪치곤 하였다.

종교를 갖고 있는 나는 사후(死後) 영혼세계를 믿는다. 1천5백 년 전에 이 세상에 왔다간 왕비의 영혼은 지금 어느 세계에서 어떤 모습으로 살고 있을까 동화 같은 궁금증

이선우 수필집

이 인다. 언젠가 나도, 딸아이도 그 미지의 세계에 가야
된다면 그곳에서도 딸과 어미의 인연이었으면 좋겠다. 지
금 나와 같은 시대를 살고 있는 소중한 이웃들과도 함께
했으면 더 재미있을 거라는 상상을 하니 죽음이 그다지 쓸
쓸하지 않은 것 같다.

　여전히 딸아이는 무심천에 흩날리는 벚꽃에 마음을 빼앗
기고 나는 하늘에 흐르는 구름 한 조각에게 마음을 주고
있다.

(2001.)

높은 곳에 사는 행복

　낮은 지대에서 살 때는 미처 몰랐다. 높은 곳에서 사는 이들에게만 신이 내려주는 은총이 있음을.

　홍은동 지네산에는 대개 처지가 딱한 이들이 모여 산다. 집주인이라고 해서 전세입주자와 별반 형편이 나은 것도 아니다. 낡은 집을 헐고 은행융자와 전세입주금을 계산하여 다세대 주택을 지었기에 한 가구만 쓰고 나머지는 세를 주어야만 아귀가 맞는다. 주택을 다시 지을 형편도 안 되는 집은 몇십 년 전 무허가 건물 그대로 살면서 단독주택에 세들 형편도 되지 않는 이들에게 방 한 칸을 임대해 준다.

　아랫동네에 살 때 어머니는 이 지네산 중턱에 있는 약수터에 다니셨다. 나는 어머니가 들고오는 무거운 물통이 마

이선우 수필집

음에 걸려 몇 번 약수터에 따라다녔다. 새벽인데도 많은 사람들이 경사가 심한 산중턱을 바삐 오가고 그 사이로 승용차가 곡예하듯 위험하게 오르내리고 있었다.

'나는 이렇게 높은 곳에서는 못살아. 힘들어서 어떻게 날마다 오르내려.'

사람은 입찬소리 못한다고 그러고 얼마 안되어 이곳으로 이사오게 될 줄이야. 아파트 중도금 불입 때문에 전세금을 줄여야 했다. 많은 식구가 살 수 있는 넓은 곳을 찾으려니 비교적 집값이 헐한 높은 지대를 찾게 되었다. 마침 약수터가 있는 산중턱에 더 이상 인가가 들어설 수 없는 저지선과 맞댄 곳에 우리 형편에 딱 맞는 빌라가 신축되어 있었다.

평지에서만 살다가 약수터보다도 더 높은 까마득한 곳을 오르내릴 생각을 하면 겁부터 났지만 그때의 처지로서는 그나마 감지덕지였다.

이곳은 흔한 마을버스도 다니지 않는 동네였다. 이사오고 처음 얼마간은 이른봄인데도 집을 향해 올라갈 때는 숨이 차고 땀이 비 오듯 쏟아졌다. 한여름, 몸만 오르기도 벅찬 길을 시장이라도 보는 날에는 솟는 땀으로 고역이 이만저만이 아니었다. 그런데 점차 출퇴근 길이 즐거움도 있

높은 곳에 사는 행복

다는 걸 터득하였다. 쉬엄쉬엄 천천히 오르다보면 어느 결에 집에 닿는다. 체력이 단련되었는지 얼마 후에는 힘든 줄 모르고 오르내리게 되었다.

나는 퇴근할 때는 좀 멀고 경사가 심하지만 차가 다니지 않는 오솔길 기분이 드는 또 다른 길을 찾아냈다. 그러자 집에 가는 길이 즐겁기까지 했다. 길가 시멘트바닥을 용케 뚫고 삐져나온 민들레와 눈맞춤도 하고, 숲 속에서 불어오는 아까시 향기에 취하기도 하였다. 가끔은 집 앞에 쪼그리고 앉아서 일 나간 어머니를 기다리는 얼굴이 까만 소녀의 말동무가 되어 주기도 했다.

저녁을 먹고 뜰로 나서면 이곳은 별천지이다. 방금 전 부대끼던 도시의 소음은 저 멀리 사라지고 산사에라도 들어선 듯 정적만이 흐른다. 울창하던 숲조차 어둠자락을 두텁게 두르고 침묵 속에 잠겨 있다. 밤하늘이 가까이 내려와 다가서고 별빛도 또렷하다.

나는 이곳에 사는 동안 휴일에는 외출을 삼갔는데 늦은 아침을 먹고 호젓하게 산길을 걷는 재미를 빼앗기기 싫어서였다. 늘어지게 자고 나서 창문을 열면 그대로 숲 속에 누워 있는 듯 초록이 한눈 가득 들어왔다.

자연과 가까이 하는 이들은 마음도 열려 있는 것일까.

이선우 수필집

이곳 사람들은 시골 인심 그대로를 간직하고 있다. 늘 현관문을 열어놓고 살았다.

빌라 주변에 무진장 널려 있는 공터는 일구는 사람이 임자였다. 아랫동네에서는 땅 한 평이 몇백만 원씩 거래되건만 이곳 사람들은 욕심 내지 않고 저마다 필요한 만큼만 텃밭을 일궈 채소를 가꾸어 먹었다. 새로 이사온 이웃에게 애써 일군 텃밭 한 모퉁이쯤 선뜻 떼어주기도 했다.

어머니도 텃밭 두 이랑을 먼저 이사온 이에게서 얻어서 상추와 고추, 케일까지 심었다. 이곳에 사는 동안 식탁에는 매끼마다 밭에서 막 따온 싱싱한 푸성귀로 풍성하였고 그 어떤 산해진미보다도 맛있었다. 자연 시장 볼 일이 많지 않게 되었다.

상추를 거두고 다음에는 김장용 배추와 무를 심었다. 볕이 쨍쨍한 한낮에 밭에 나가 벌레를 잡아내느라 어머니는 얼굴이 까맣게 그슬렸지만 표정은 그럴 수 없이 편안하고 건강해 보였다.

우리는 그곳에서 봄과 여름을 보내고 심고 가꾼 김장용 배추와 무를 거두지 못한 채 떠나왔다. 이사하기 며칠 전부터 어머니는 같은 동 아홉 세대로부터 차례로 초대받아 석별의 아쉬움을 나누었다. 이사하는 날에도 모두 나와서

높은 곳에 사는 행복

짐을 꾸려주며 새집으로 이사하는 우리를 축하해 주었다.

신도시로 이사온 지도 7년이 되었다. 이제는 땀 흘릴 일도, 흙을 밟을 기회도 없다. 며칠 전에 우리 앞집인 603호와 503호 간에 또 싸움이 벌어졌다. 603호 아기가 유모차를 끌며 거실을 돌아다녀서 아래층 할아버지가 신경성 두통을 앓는다는 게 이들 두 가정이 자주 다투는 이유이다.

지금 나에게는 낮은 곳에 사는 증후군이 속속 드러나고 있다. 그곳에 살 때는 배불리 먹어도 체중은 늘 그대로였는데 이제는 절식을 해도 계속 늘고만 있다. 경사가 급한 산중턱을 거뜬히 오르내리던 건강함은 어디로 사라진 걸까. 4층에 있는 사무실에 오르는 것조차 힘겨워 숨이 가쁜 건 나이 탓만은 아니리라.

지금도 홍은동 산동네를 생각하면 그 곳에서 오순도순 정을 나누던 사람들이 그립고, 계절에 맞춰 피어나던 제비꽃, 망초꽃, 쑥부쟁이, 감국… 초록향이 묻어나는 숲의 숨결이 아쉽다.

(2000. 9.)

인연의 무늬

친구가 딸 돌잔치에 초대를 하였다.

호텔 입구에서 친구 시누이와 마주쳤는데 나를 활짝 반긴다. 잔치가 끝나고 되돌아 나오는 데도 문 앞까지 배웅하면서 '언제 또 만날 수 있냐'며 나와 헤어지는 걸 아쉬워한다.

"애리 결혼식에서나 만나게 되겠네요."

그녀의 말에 무심코 내가 한 말이다. 애리는 친구의 큰딸이다. 지금 그애가 열서너 살이니 그녀와는 적어도 십년 후에나 만나지겠다.

집으로 향하는 지하철 안에서 무료해진 나는 앞으로 그녀와 몇 번이나 만나게 될까 헤아려 보았다. 우연을 빼고

나면 내가 그녀와 만날 기회는 친구의 대소사에서 뿐이니 손가락으로 꼽을 정도밖에 되지 않았다.

친구의 두 아이 결혼식에서 한번씩, 친구 고희연에 한 번, 내가 친구보다 더 오래 산다면 마지막으로 친구 장례 식에서. 그것도 서로 시간이 어긋난다면 그나마 불확실한 계산이다. 그러고 보니 사람 사는 게 참 허허롭다.

여고 동창생을 제일 많이 찾는 팀에게 승용차를 준다(?) 는 CF를 보면서 까마득 잊고 살았던 여고 동창들 얼굴이 언뜻언뜻 스쳐갔다.

나는 소도시에서 N여고를 다녔는데 반 변동이 크지 않 아 3년을 한 반에서 지낸 친구가 더 많았다. 여고 3년간 S와는 1학년 1학기를 제외하고는 졸업할 때까지 한 책상 에서 공부한 단짝이었다. 귓불이 두텁고 눈이 유난히 컸던 S는 마음마저 넉넉하여서 누구든지 맏며느리로 삼고 싶어 할 그런 친구였다.

여고를 졸업하고 나는 곧 N시를 떠났다. 졸업하고 S가 아현동 어딘가에서 직장생활을 한다는 소문을 듣고 전화도 없는 시절이라 물어물어 아현동 고지대를 찾아갔더니 여고 동창 몇이서 함께 자취를 하고 있었다. 그러고도 얼마간 소식을 주고받았는데 그마저도 시나브로 끊어졌다.

이선우 수필집

친구 시누이인 그녀와의 인연도 어느덧 15~6년 전으로 거슬러 올라간다. 친구가 결혼 날짜를 잡을 무렵 세검정 찻집에서 처음 인사를 나누었고, 그후 친구 결혼식에서, 또 친구 집에 놀러갔다가 우연히 마주쳤으니 이번이 네 번째의 만남이다. 솔직히 말하면 만났다기보다는 그냥 비켜 가듯 스친 셈이다. 그런데도 나는 친구를 통하여 그녀의 사생활을 비교적 소상히 알고 있는 편이다. S와는 한 책상에서 3년여를 공부하며 우정을 나눈 사이였기에 혈육을 나눈 자매 같은 끈끈한 정이 가슴속에 녹아 있다. 그런 S였는데 지금은 어디에서 어떻게 사는지 소식조차 모른다. 지금이라도 S와 다시 이어진다면 옛날의 그 다정함을 되찾을 것 같다.

그러고 보면 인연은 우연이라기보다는 서로 가꾸어 가는 게 아닌가 싶다.

사업을 시작하고 나니 사람과의 인연 쌓음이 소중함을 절실하게 체험한다. 오늘 돌잔치를 하는 친구는 고향 친구이다. 초등학교를 졸업하고는 서로 연락이 두절되었다가 이십 대에 다시 연결된 친구이다.

나는 잡지사에서, 그녀는 제책소에서 사회생활을 시작하였다. 그런데 내가 출판업을 시작하고 그녀의 도움을 받게 될 줄이야 어찌 예견했으랴. 그녀는 지금, 규모가 큰 제책소에서 중책을 맡고 있다.

농부가 쌀 한 톨을 생산해 내기까지는 88번의 손길을 거쳐야 한다고 한다. 출판업 역시 작가의 육필원고가 한 권의 책으로 출판되기까지에는 벼농사 못잖는 공을 들여야 한다. 벼를 심듯 글자 한 자 한 자를 조판하고 피사리를 하듯 교정, 교열을 해야한다. 출판은 아무리 편집이 완벽하고 인쇄가 잘 되었다 해도 최종 마무리 단계인 제본이 잘못되면 몇 달 일이 물거품이 되고 금전적 손실도 크다. 출판사에서 일하면서 제본 때문에 속상한 적이 여러 번 있었다.

나는 친구가 근무하는 제책소로 거래처를 옮겼는데 그녀는 우리 출판사에서 출간되는 도서는 인쇄상태까지 꼼꼼히 살펴주고 새치기를 해서라도 저자와 약속한 출간날짜를 지켜주는 등 몇 사람의 몫을 밖에서 해준다.

다시 생각해 보니 친구 시누이와 서너 번 만나지겠다는 내 계산법은 틀린 것 같다. 그녀가 어느 날 우리 옆집으로 이사오게 될는지, 서로 자식을 키우고 있으니 사돈이 되지 말란 법도 없잖은가.

사람의 정은 만남의 회수만큼 깊으란 법은 없는 것 같

이선우 수필집

다. 조석으로 부딪치지만 아무 의미 없는 사람보다는 단 한번의 만남만으로도 평생 가슴속에 살아 있는 사람도 있는 법이니까.

공이 어느 방향으로 튈지 아무도 모르듯 내 인연의 카펫이 어떤 무늬, 어떤 색깔로 짜여질지 나는 정말 모른다. 다만 이미 맺어진 인연을 소중히 가꾸고 악연(惡緣)이 되지 않도록 마음을 다스릴 따름이다. 또한 내 인생을 풍요롭게 해줄 새로운 인연을 가슴 설레며 기대한다.

이웃에 혹 동창생이 살고 있는 건 아닌가 살펴보아야겠다.

(2000. 7.)

환타지아와 현실

　'무한한 상상, 애니클래식'이라는 멘트로 시작되는 환타지아 애니메이션 비디오는 우리 모녀를 단번에 환상의 세계로 이끌어 주었다.

　우리의 눈으로는 확인할 수 없고 현실에서는 이루어질 수 없는 일이 상상 속에서는 가능하다. 그 상상의 세계를 보여주는 게 환타지아의 세계이다.

　이 비디오는 모 위성방송에서 방영한 「클래식 오딧세이」의 특집 프로그램이다. 우리 귀에 익숙했던 클래식 소품과 가곡 등 10여 곡에다가 환타지아 애니메이션을 보여줌으로써 듣는 기쁨에서 보는 즐거움까지 확대해 주었다.

　처음 곡은 요한 스트라우스 2세의 「봄의 소리」 왈츠이

이선우 수필집

다. 톤 높고 맑은 소프라노에 맞춰 새싹이 솟더니 쑥쑥 가지를 뻗어서 빨간 나팔꽃을 피웠다. 그 꽃 속에서 깜찍한 봄의 요정이 태어나고, 요정은 이리저리 날아다니면서 꽃잎을 활짝 피워내고 풀잎을 일으켜 세운다. 푸르른 강물의 왈츠, 오색 꽃송이를 마구 뿌려주는 해님, 개구리, 소금쟁이들이 빙빙 춤을 춘다. 환타지아 세계에 빠진 딸아이는 자신도 모르게 일어나서 발끝을 세우고 음악에 맞춰 춤을 추었다.

이어진 곡은 극작가이며 시인, 화가였던 생상스의 「동물의 사육제」, 느린 캉캉음악이 흐르면서 우아한 거북아가씨들의 캉캉춤으로 무도회가 열렸다. 동물들의 무도회가 한창일 즈음 도둑 캥거루가 숨어들고 눈 깜짝할 사이에 멋진 신사로 변신하였다. 이 점잖은 밤손님은 탁자에 놓인 시계를 주머니에 슬쩍하고는 의자에 앉아 와인을 마셨다. 이때 명탐정 노새가 눈을 번뜩이며 도둑을 찾아 등장하였다. 도둑과 탐정과의 쫓고 쫓기는 장면이 익살스럽고, 도망치면서도 아가씨들에게 찡긋 윙크하는 캥거루, 노새에게 잡힐 듯 잡힐 듯 벗어나는 아슬아슬한 스릴과 캥거루의 익살에 딸아이는 까르르 웃어댔다.

계속해서 슈베르트의 「마왕」, 베르디의 「축배의 노래」,

환타지아와 현실

「대장간의 합창」 등이 나왔는데 곡마다 각기 다른 애니메이션이 펼쳐졌다. 노래에 맞춰 양탄자가 날아다니고, 개미들과 달나라 요정들, 그리고 의인화된 동물들이 화려한 무도회를 열었다.

1시간 짜리 「클래식 오딧세이」 환타지아 세계에 푹 빠졌던 우리 모녀는, 그 여행이 끝났는데도 감동의 여운이 쉬 가시지 않고 또 한 번 환상여행이 하고 싶어졌다. 그런데 나는 「봄의 소리」가 다시 보고 싶었는데 딸아이는 의외로 「마왕」을 또 한번 보자고 한다.

「마왕」은 슈베르트가 괴테의 시를 읽고 감동을 받아 단숨에 작곡한 곡이지만 내심 이 비디오 중에서 아이에게 보여주고 싶지 않은 장면이기도 했다.

「마왕」은 빨강과 검정의 실루엣만이 화면을 채웠는데 그 단순함이 오히려 극적 효과를 높여 주었다. 아기를 안은 아버지와 질주하는 말을 나타내는 빨강, 검정으로 표현된 마왕의 실루엣, 검정과 빨강의 쫓고 쫓기는 장면이 연속적으로 이어졌다. 눈보라 치는 들녘을 필사적으로 말을 모는 아버지, 두려움에 찬 아기의 실루엣, 빠르게 마구 쳐대는 피아노 소리가 앙상블을 이루면서 극적 긴박감을 자아냈다.

이선우 수필집

그렇지만 「마왕」에는 마구 두드려대는 피아노의 소리를 배음으로 해설자, 아기, 아버지, 마왕 등 네 명의 노래가 이어지고 아기는 끝내 고개를 늘어뜨렸다. 이런 음산한 분위기 때문에 편안한 마음으로 들을 수 없는 곡이었다. 그래서 딸아이에게 다시 보여주고 싶지 않았던 것이다.

이 비디오를 보는 동안, 딸아이가 환타지아 애니메이션을 통하여 상상의 폭을 넓혀가고 그런 아름다운 세계를 꿈꾸리라는 기대가 있었다. 그 중에서도 「봄의 소리」는 곡 자체가 경쾌하였고 봄의 역동적인 모습이 환상적으로 아름답게 펼쳐졌다. 해서 선뜻 다시 한번 보고자 했던 것이다. 그런데 딸아이는 아기의 영혼을 노리며 시시각각 다가오는 어둠의 그림자가 무서우면서도 강렬하게 어필되었던지 「마왕」을 택한다.

「봄의 소리」가 빛과 탄생, 환희와 꿈, 희망을 상징한다면 「마왕」은 어둠과 죽음, 슬픔과 두려움, 절망을 내포한다고 하겠다. 모든 부모들과 마찬가지로 나도 아홉 살짜리 아이에게 세상은 어둡고 두렵고 절망적인 곳이 아닌, 꿈과 사랑이 가득한 아름다운 곳이라는 걸 먼저 알려주고 싶었다.

요즘 아이들이 영악하다더니 내 아이도 환상의 세계보다

는 실제로 주위에서 일어나는 아픔, 절망, 죽음 등에 관심이 쏠려 있는 것일까. 부쩍 컴퓨터 게임에 몰두한 아이였기에 자극적이고 스릴 있는 걸 좋아하는 일시적인 현상일 것이라고 애써 자위해본다. 아무튼 내 의도와는 다른 아이의 선호도에 마음이 편치 않다. 그런데 어차피 빛일 수만은 없는 세상이니 빛과 어둠은 공존하고 있다는 걸 일찍부터 깨달아도 괜찮겠다는 생각이 들었다. 어둠이 있어 빛이 얼마나 소중하던가.

다시 틀어놓은 비디오는 다 돌아가 직직거리는데 딸아이는 이미 잠이 들었다. 잠든 아이가 오늘 비디오에서 만났던 요정과 한바탕 왈츠라도 추면서 환상의 세계를 여행하였으면 좋겠다.

(2002.)

그 날의 풀잎 축제

어느새 가로수 정수리에 붉게 물이 들었다. 나는 유년시절을 생각하면 노랑 병아리나 신록 대신 가을의 선홍빛 단풍이 먼저 떠오른다.

6학년에 올라가자마자, 학교에서는 과외비 200원을 낼 수 있는 아이들은 진학반, 그렇지 못한 아이는 비진학반으로 편성하였다. "너는 중학교에 꼭 보내주마. 이담에 학교 선생님이 되거라"는 약속을 하셨던 아버지가 일년 전에 갑자기 돌아가시고 어머니는 겨울부터 무슨 병인지 심하게 앓고 계셨기에 나의 진학이야기는 차마 꺼내지도 못했다.

비진학반에 들어간 나는 아버지가 안 계신 가난한 우리집이 창피하였고 진학반 아이들이 당당해 보여서 같이 어울리기도 싫었다.

햇살이 밝은 봄날, 담임선생님은 의기소침해진 우리반 아이들을 들녘으로 데리고 나가더니 그림을 그리게 하였다. 우리들의 그림을 주욱 훑어보고는 나와 친구 몇 명을 방과후에 남으라고 하셨다.

선생님은 우리 몇 명에게 그림에 소질이 있으니 가르쳐 주시겠다고 했다. 며칠 후 처음 보는 스케치북과 그림물감, 48색 크레파스 등을 사오셨는데 나에게는 수채화를 그리라면서 고급 스케치북과 그림물감, 붓 등을 주셨다.

수업이 끝난 방과후면 선생님은 우리들을 저수지가 있는 언덕으로 데리고 가서 그림을 그리게 하였다.

그때 우리가 그리는 그림이란, 스케치한 위에 사람의 머리는 검정, 얼굴은 살색, 하늘은 파랑, 땅은 황토, 산과 나뭇잎은 초록, 가지는 밤색… 이렇듯 정형화된 색으로 칠하는 수준이었다. 아이들끼리의 실력 차이란 누가 스케치를 그럴 듯하게 잘 했느냐는 정도였다.

선생님도 우리와 함께 그림을 그리셨는데 나는 한동안 선생님을 흉내냈다. 그러다 보니 물감을 섞어서 색을 내는 법, 농담(濃淡) 표현, 붓 터치, 구도잡기, 원근처리법 등이 자연히 익혀졌다. 선생님은 우리에게 아무것이나 마음대로

이선우 수필집

그리되 원색만은 사용하지 못하게 했다. 검정 색도 물감을 섞어서 만들어 쓰게 하셨다.

5월, 신록이 한창이었다. 그 날도 여느 날과 같이 스케치에 몰두하고 있다가 눈을 들어보니 해마다 보았던 것들이 사뭇 다른 느낌이 들었다. 산과 들, 나무들이 모두 초록색이었지만 각기 다른 빛깔로 다가오는 것이었다. 그것들이 어울려 빚어내는 색채의 조화가 어찌나 아름답던지 나를 황홀하게 하였다.

태어나 10여 년을 느낌 없이 바라보던 마을의 풍경들이 섬세한 빛깔로 다가오던 그 날의 감동은, 내 생의 첫 번째 느낌표였다. 또한 새로운 도약이었고 눈뜸이었다. 그 후로 제법 진지하게 그림을 그리는 나를 선생님은 대견히 여겨 특별지도까지 해주셨다. 그렇지만 내가 새롭게 느낀 빛깔을 그림으로 재현해 내는 게 얼마나 어려운 일인지 체득하는 시기이기도 했다.

봄부터 시작한 우리의 그림 그리기는 가을쯤 중단되었다. 비진학반이었는데도 열심히 공부를 가르치시던 선생님께서 결근하는 날이 잦아져서 우리는 야외에 나갈 수가 없었다. 대신 선생님은 나에게만은 매일 그림 한 장씩을 그려내라는 숙제를 내셨다.

그 날의 풀잎 축제

나는 숙제하는 기분보다는 시나브로 달라지는 자연의 빛깔에 이미 사로잡혔기에 그림을 그리지 않을 수 없었던 것 같다. 그림을 그리기 전까지는 나에게 나무는 나무, 풀은 풀, 산은 산일 뿐이었는데 그 날의 감동 이후로는 자연은 경이로운 대상이었다.

가을은 깊어갔고 중학교 입시가 다가오고 있었다. 그런데 어머니는 진학에 대해서는 여전히 아무 말씀도 없으셨다. 설령 시험을 치라 해도 2학기는 거의 공부를 하지 않았기에 합격할 자신도 없었다. 열세 살의 나는 가을빛이 미만(彌滿)한 들녘을 슬픔에 젖어 자주 배회하였다.

나의 허탈한 마음과는 달리 계룡산 산꼭대기에 붉은 기가 돌더니 단풍은 어느덧 절정에 다달아 온천지가 빨갛고 노랗게 불타고 있었다. 어느 날 터벅터벅 걷다가 무심코 내려다본 발 밑에 단풍이 든 풀잎들이 눈에 띄었다. 주저앉아 들여다보니 새끼손가락만한 작디작은 풀잎에 뿌리쪽은 초록과 노랑, 끝으로 갈수록 점점 빨갛게 단풍이 들고 있었다. 그 빛이 어찌나 예쁘고 화려하던지….

봄, 여름, 가을 그림을 그린다 하면서도 나는 발아래 것들에게는 시선을 주지 않았었다. 멀리 솟아있는 계룡산, 그 줄기를 타고 흘러내리는 크고 작은 산자락, 옹기종기

이선우 수필집

모여 있는 마을, 들녘에 한 줄로 서서 키 자랑하는 미루나무, 논밭의 정경들에 빠져서 열심히 스케치북에 담았었다.

선생님께선 "네가 그림을 잘 그리면 중학교에 갈 수 있을 거다"고 자주 말씀하셨다. 나는 그림을 그리면서 중학교 진학뿐만 아니라 이 첩첩산중을 벗어나 화가가 될 것이라는 옹골진 희망에 부풀기도 했다. 나는 일년 동안 꿈을 그렸던 것이었다. 그런데 우리 집의 형편은 그런 나의 꿈을 허물어뜨렸다. 중학교 진학을 못한다면 어떻게 선생님이 될 것이며 화가가 될 수 있을 것인가. 나는 고향 사람들처럼 단순하게 농사일이나 하며 살게 되는 게 싫고 두려웠었다.

가을의 단풍은 높은 계룡산과 감나무, 단풍나무, 은행나무에만 머무는 게 아닌, 이 작은 풀잎에까지 미치는 것이 경이로웠다. 하찮은 풀잎에게까지 하나님은 공평하게 고루고루 가을 입김을 불어주어 예쁜 옷을 입힌 것처럼 나에게도 어떤 은혜를 내려주실 것만 같았다. 나는 내심 희망을 다시 걸고는 슬픈 마음을 추슬렀다.

가장 낙심할 때에 신(神)께서 손을 내민다는 걸 나는 그때 체험했다. 입학시험을 희망도 없이 치렀는데 반가운 소식이 날아들었다. 몇 번의 미술수상 경력만으로 나는 특기 장학생으로 중학교에 입학이 되었던 것이다.

그 날의 풀잎 축제

나는 가을의 단풍을 보면 삼라만상이 신(神)께 제(祭)를 올리는 것이라는 느낌이다. 자신 속에 간직된 가장 아름다운 빛깔을 뿜어내어 하늘을 향해 높이높이 감사의 예를 올리는 찬란한 축제, 좌절해 있던 나에게 찬란한 빛으로 다가와 생명 있는 것이면 모두다 소중하다는 걸 깨닫게 해준 그 날의 풀잎들. 화가가 되려던 꿈은 접었지만 그 풀잎들의 빛깔을 가슴에 품고 살아왔다.

지금도 눈감으면 선명히 떠오르는 작디작은 풀잎들의 찬란한 가을 축제. 그 풀잎들의 선홍빛이 내 유년의 기억 중심에 자리잡고 있다.

나의 인생 길은 화려하달 수 없는 풀잎 같은 삶이었고 앞으로도 또 그렇게 살아갈 것이다. 그러나 단풍든 가을의 풀잎처럼 나에게만 주어질 신의 특별한 은총을 기대한다. 또한 앞으로 나만이 그려낼 수 있는 빛깔은 어떤 빛이 되려나 궁금하기도 하다.

(1998. 11.)

저녁밥 짓는 여자

우리 교회에는 유난히 금실이 좋은 부부가 있다. 아내는 언제 만나도 웃음이 입가에 감도는데 알고 보면 남편 J집사의 덕인 것 같다. J집사는 수시로 아내를 웃겨주고 '예쁜이'라며 늘 찬사를 한다. 두 아이의 부모지만 신혼부부도 그렇듯 다정한 눈빛을 주고받지 못할 것 같다.

아내에게는 초등학교 교사자격증이 있는데도 그녀는 두 아이를 기르며 주부로서 만족하는 듯하다. J집사에게 "왜 아내를 집에서 살림만 하게 하느냐. 아이 엄마가 학교에 나가고 싶어하지 않느냐"고 물으니 시골에 계신 부모님께서 며느리가 학교 선생님 하는 것을 보면 여한이 없다고 하시는데도 자기 부부는 자녀 양육을 우선에 둔다고 했다.

　J집사네는 결혼한 지 5,6년쯤 되었기에 아직은 경제적으로 여유가 있을 리 없겠으나 가정경제보다 자녀들에게 투자하면서 정신적 행복을 추구하는 그들이야말로 진정 실속 있는 사람들이라 생각되었다.

　맞벌이를 하는 한 친구는 나에게 가끔 하소연을 한다. 집안일과 직장일을 병행하기가 버겁다고. 남편과 가사분담을 해보라는 내 말에 친구는 이번에는 남편 흉을 맘껏 털어놓았다. 친구남편은 아내의 직장생활로 경제적 효과는 기대하면서도 가사에 관하여는 절대 분담할 생각이 없는 이기적인 남자라는 것이었다. 똑같이 퇴근하였는데도 남편은 TV나 보고 앉아있고 그때부터 저녁 식사준비와 집안청소 등을 하고 나면 몸은 파김치가 된단다.

　나도 일하는 여자지만 집안일은 친정어머니가 맡아서 해주니 가사의 어려움을 그닥 모르고 지낸다. 그런데도 가끔은 퇴근하여 집에 돌아오면 모든 에너지가 고갈된 듯 꼼짝도 하기 싫다. 그래서 남자들이 퇴근하여 아내를 도와주지 않는 심정을 조금은 알 것 같기도 하다.

　내가 오랫동안 다니던 직장에 사표를 낸 것은 평범한 주부가 돼보고 싶어서였다. 무엇보다도 출근할 때면 어미에게 눈을 맞추며 떨어지기 싫어하는 어린 딸아이와 함께 있

이선우 수필집

고 싶었다. 직장을 그만 두고 처음에는 늦잠도 자고 한가하게 아이와 노는 생활을 즐겼다. 그런데 20년 가까이 직장생활을 하다가 갑자기 일손을 놓은 허탈감과 뭔가 놓치고 사는 듯한 상실감, 세상에서 일탈된 것 같은 소외감이 밀려왔다. 딸아이가 낮잠을 자는 오후 시간, 베란다에 서서 오가는 자동차들을 내다보면서 내 자신이 무생물은 아닐까 하는 의심까지 들었다.

그럴 즈음 친지들로부터 부탁이 들어왔다. 동인지를 만들어달라고도 하고 출판사에서는 단행본 편집도 맡겨 주었다. 그게 발전하여 생각지도 않았던 출판사를 창업하게 된 것이다.

가끔 나를 돌아보며 '이건 아닌데' 싶을 때가 많다. 나는 지금도 부끄럼을 많이 타는 편이다. 처음 만나는 분과 대화를 나눌 때 가슴이 콩닥이며 얼굴이 붉어진다. 그런 내가 한 회사를 이끌고 있으니 내 경우를 보면 참 인생이란 자기가 무엇이 되겠다 생각하고 엮어가는 게 아닌 뭔가에 떠밀려서 나가는 것 같기도 하다.

직장과 가정을 가진 여자는 두 마리 토끼를 잡겠다는 것과 다름이 없다는 생각이 든다. 옛 어른들은 일하는 여자를 보고 팔자가 센 여자라고 경계하였다. 직장에 충실하다

저녁밥 짓는 여자

보면 가정 일은 소홀하게 되고, 대신 가정 일에 치중하면 업무에 지장을 준다. 그러나 어느 한쪽도 소홀히 할 수 없는 게 가정과 직업을 가진 여자들의 숙명인 것 같다. 늘 시간이 부족하여 허둥대며 삶의 무게에 눌려 있으니 팔자가 세다는 말에 긍정하게도 된다.

저물녘이면 나는 슬픔 같고 아픔 같기도 한 것이 목울대를 넘어온다. 이런 느낌은 왜, 어디서 오는 걸까 가만히 생각해 볼 때가 있는데 갈급한 뭔가가 내 가슴 밑바닥에 침전되어 있다가 저물녘에 일어서는 것이었다. 그래, 집에서는 내 아이가 어미 잃은 아기새처럼 TV 앞에 무료히 앉아 있을 것이다. 조금 더 있으면 남편은 어머니가 차려놓은 싸늘하게 식은 식탁에서 늦은 저녁을 들겠구나. 그것은 어미와 아내만이 누리는 여자로서의 근원적 행복을 찾고 싶다는 그리움 같은 것이었다.

주부로만 사는 친구들은 나에게 일이 있어서 좋겠다고 한다. 그러면 나는 "너는 집에서 살림만 하니 좋겠다. 나는 네가 부럽다"고 하는데 괜한 말이 아니다. 집에서 남편과 자식을 위해 저녁준비를 하는 여자의 기쁨과 행복을 나는 모르며 그런 여자들이 나는 부러운 것이다.

(2002. 3.)

이선우 수필집

심히 좋았더라

"양푼 넙적이 빈대코, 새다리 종갱이 마당발, 실내끼 모가지 장구통배…."

세 살짜리 조카딸과 어머니가 마주앉아 노래를 부르며 까르르까르르 웃어댄다. 어린것이 가사의 뜻을 알겠냐만 할머니와 노는 게 마냥 재미있나보다.

조손간 재미나게 노는 게 보기 좋아서 웃음을 흘리다가 세상에 어쩌면 그리 못생긴 사람도 있겠냐 싶으면서도 그 형상이 연상되어 하하하 폭소가 터져나왔다. 노랫말과 똑같이 생긴 사람이 세상에 존재한다면 사람들은 그 우스꽝스런 외모를 보는 순간 나처럼 웃음을 참지 못할 것 같다.

여고 때 나는 이상한 취미 하나를 갖고 있었다. 새로 반이 편성되면 아이들을 한 사람 한 사람씩 눈 여겨가며 예쁜 곳을 찾는 취미를 붙였다. 한번쯤 뒤돌아 볼만큼 예쁜 친구는 차치하고 그닥 예쁘지 않은 친구들도 나름대로 눈여겨보면 어느 부분이든 매력이 있는 곳이 있었다. 웃을 때 볼우물이 예쁘고, 머릿결이 유난히 곱고, 피부가 복숭아빛이어서 한몫하고, 목선이 우아하고….

고2 학기초 무렵이었다. 예의 그 취미생활을 즐기고 있었는데 한 아이에게서만은 어디에서도 예쁜 곳이 찾아지지 않았다. 얼굴 생김새부터 부조화에다 피부도 거칠고 검었으며 작고 말라깽이였다.

며칠을 지켜보았지만 역시 미웠다. 나와는 멀리 떨어져 있어서 대화도 나누지 않은 아이였다. '쟤는 도통 예쁜 데가 없어'라는 쪽으로 생각이 굳어지고 있었는데 우연히 그 애가 친구와 대화하는 소리가 들렸다. 목소리가 참으로 상냥하고 고왔다. 그래서 나는 일찍이 이 세상의 모든 사람은 다 아름답다는 결론을 내렸다.

선천적으로 팔과 다리가 없이 태어난 일본의 오토다케 히로타다는 『오체불만족』에서 "누구도 흉내낼 수 없는 독특한 나만의 개성"이라며 자신의 불구를 '독특한 개성'쯤으로 표현했다. 불구를 극복하고 활기차게 사는 그는 모든

이선우 수필집

불구자에게 희망의 메신저이다.

창세기에 천지창조를 하신 하나님이 "그 지으신 모든 것을 보시니 보시기에 심히 좋았더라"는 말씀이 나온다. 생명이 있는 것은 똑같은 것은 하나도 없다. 같은 줄기에 붙어 있는 나뭇잎도 자세히 들여다보면 색과 모양이 조금씩 다르다. 엄밀히 따지면 한 잎의 나뭇잎에서조차 위아래의 색깔이 다르다.

"성격 나쁜 것은 용서가 되어도 못생긴 것은 용서가 안 된다"는 말이 젊은이들 간에 유행한 적이 있다. 그런데 '못생겼다'는 말처럼 신성모독적인 발언이 있을까 싶다. 하나님이 모든 인류를 각기 개성대로 창조하다보니 어떤 사람은 코를 좀 낮게, 눈을 옆으로 길게, 키가 작고 크게, 피부를 희게 검게 또는 매끄럽고 거칠게 지으시고는 보시기에 '심히 좋았더라'며 만족하셨기 때문이다. 그런데도 사람의 잣대에서 조금 벗어난다 싶으면 못 생겼다 운운하는 게 아니겠는가. 사람은 겉모양을 중시하나 하나님은 마음 중심을 보신다 하였다.

취업 시즌이 되면 사람이 정한 잣대에 맞춘 미인 미남으로 다시 태어나기 위해 성형외과는 문전성시를 이룬다고 한다. "身體髮膚 受之父母 不敢毀傷 孝之始也"라는 말을 굳

심히 좋았더라

이 들추지 않더라도 남들이 보기에 개성이 없어지는 것이 문제가 아니라 이다음 세계에서 신성모독죄로 법정에 서게 될지도 모른다는 생각이 들기도 한다.

(2001.)

딸부잣집 어머니

휴지 소동

"어째 이틀이 멀다하고 휴지가 바닥나는지. 지 할미가 재벌이라도 못 당하겠다."

어머니는 유난히 종이에 대한 애착이 강하다. 무슨 종이 이든 병적이리만큼 아끼는 편인데 그 고급스런(?) 두루마 리 휴지가 이틀이 멀다하고 바닥이 난다며 늘 잔소리를 하 신다.

식탁에 떨어진 음식물이나 방바닥의 물기를 휴지로 닦았 다 하면 어머니의 예의 그 잔소리를 끝도 없이 들어야 했 다. 어머니가 돌보는 세 살짜리 어린 조카딸이 휴지로 장난이라도 하면 볼기 맞는 것은 불문가지다.

이틀이 멀다하고 없어지는 휴지로 인해, 아니 어머니의 잔소리로 인해 식구들은 스트레스를 많이 받는다.

딸 부잣집인 우리 식구 수는 늘 일정치 않다. 결혼한 딸들이 남편과 자식들을 데리고 수시로 드나들어서 실제 식구는 네 명이지만 부지불식간에 열댓 명으로 늘어나기 때문이다.

집안이 늘 북적대는 인구수를 생각하면 이틀에 휴지 한 통이면 그래도 나름대로 절약하며 사는 셈이지만 우리 어머니에게는 그게 통할 리가 없다.

"언니, 휴지 범인 찾았어."

어느날 막내동생이 범인(?)을 찾았단다. 그 동생도 딸아이를 친정에 맡겨놓고 자주 들렀는데 휴지 스트레스가 심했나보다. 친정에 올 때마다 범인을 잡기 위해 화장실을 드나드는 사람을 은밀히 지켜보았는데 드디어 잡았다는 것이다.

범인은 큰조카딸이었다. 그애가 화장실을 나온 후 체크해보니 눈에 띄게 휴지가 줄어 있었다. 그래서 막내동생이 조카딸을 다그쳤단다.

"너, 휴지 한번에 얼만큼씩 쓰냐. 시범을 보여라."

이선우 수필집

막내이모의 채근에 조카딸은 제 팔로 한 발을 재더니 "이렇게 세 번" 하더란다.

"세상에! 아이고 맙소사. 기집애가 해도 너무 한다. 나는 스트레스를 받아 될 수 있으면 회사에 가서 큰일을 보는 데…."

제일 처음 터져 나온 내 반응에, 다른 조카딸은 "나는 할머니가 하도 스트레스를 주어서 점선 세 칸은 쓰는데 이 것도 줄여야 하나 어쩌나 고민했는데, 언니! 정말 너무해."

"야, 너 시골에 있을 때는 어떻게 처리했니? 니네 집에 휴지가 있었어? 신문지였잖아. 너는 하루치 신문이 모두 필요했겠다."

큰조카딸은 이상하게도 휴지만큼은 어쩔 수 없으니 이해 해 달라면서 할머니 주의 때문에 그것도 줄인 양이란다.

휴지 범인을 잡았으니 일단 어머니의 잔소리는 큰손녀에 게 눈흘김으로 변하고 식구들은 비로소 휴지 스트레스에서 벗어날 수 있었다. 그런데 어느 때부터인가 화장실에 소변 묻은 휴지가 휴지걸이 위에 놓여 있었다. 그때마다 변기에 쓸어버리곤 했는데 또 다시 놓여 있곤 했다.

"누가 쓴 휴지를 버리지 않는 거야. 너니? 너니?"

참다못해 내가 조카들을 다그쳤다. 모두 자기들은 아니

라고 한다. 속으로 이쯤 해 두면 다시는 이런 일이 없겠지 했다. 계속해서 휴지는 놓여 있었다. 그래서 또 한번 누구냐고 조카들을 다그쳤다.

"이모, 왜 할머니께는 안 여쭤봐."

큰조카딸이 할머니가 의심스럽다는 것이었다.

"엄마, 엄마가 휴지 버리지 않아요?"

"그래. 내가 그런다."

"왜요?"

"말렸다가 또 쓸려고 그런다. 요즘것들은 종이 아까운 줄을 모르니. 쯧쯧."

(1993. 5.)

잃어버린 손녀

젊었을 때는 명철하던 어머니였는데 칠순을 넘기고부터 이따금씩 상상을 초월하는 황당한 행동 때문에 아찔한 일이 일어나곤 한다.

딸만 일곱을 둔 어머니에게는 당연히 친손주들이 없으시

이선우 수필집

다. 외손주들이 '외할머니' 어쩌구 하면 그 '외' 자에 너무
나 신경질적 반응을 보이신다. 그래서 손주들이 알아서
'외'자는 빼고 할머니라고 부른다. 또한 외손주들을 우리집
에서는 그냥 손자 손녀라 불린다.

　아들 하나를 어렵게 얻었는데 다섯 살 나던 해에 폐렴으
로 잃었다는 우리 어머니는 그 아들을 아직도 가슴에 품고
사시는 것 같다. 손자라면 그 자식인 양 아끼고 사랑한다.

　어머니는 철저한 남존여비주의자이다. 그래서 당연히 손
녀보다는 손자를 한 수 높여 대접해 주고, 사위가 아들 같
고 딸은 며느리 같다는 생각이 들 정도로 남성에 대한 편
애가 심하다. 우리집에서 어머니 다음으로 내가 연장자이
고 항렬도 높지만 어머니에게는 딸보다 대학생인 손자가
상석(上席)이다.

　재작년에 두 여동생이 열흘 간격으로 아들과 딸을 낳았
는데 어미들이 직장생활을 하니 그 어린것들을 어머니가
맡아 기르고 있다. 그런데 어머니는 우유를 먹여도 손자부
터, 기저귀도 손자부터, 간식을 줄 때도 손자부터 준다.
할머니 대우가 늘 이러니 손녀는 자기 서열을 이미 파악한
듯 보채지 않고 묵묵히 순서를 기다린다.

　어머니에게는 손자라면 그렇듯 귀하기 그지없는데 큰손

딸부잣집 어머니

자가 군에 입대하였다. 훈련기간이 끝나고 첫 면회 때 어머니는 열일 제치고 논산훈련소로 손자를 만나기 위해 두 돌 지난 손녀와 길을 나섰다.

강남고속터미널에서 논산행 표를 끊고는 손녀에게 우유를 사 주었다. 그런데 아이가 남긴 우유를 한 손에 들고 남은 손으로는 가방을 드니 손녀 잡아줄 손이 없었다.

"할머니 바지 잡고 따라 오너라."

성큼성큼 걸어서 대합실 의자에 앉으려는데 손녀가 없어졌다. 터미널 밖으로 뛰어 가보고 이곳저곳 손녀 이름을 외치고 얼마를 헤맸다. 막내딸의 하나밖에 없는 자식을 잃어버렸으니 찾지 못하면 가출까지 생각하셨단다.

어머니가 정신 없이 손녀를 찾아 헤매는데 어떤 이가 방송실에 여자애가 울고 있다고 알려 주었다. 방송실에 손녀가 있었다.

"왜, 할머니를 놓쳤어?"

"할머니가 막 먼저 갔잖아."

두 돌밖에 지나지 않은 어린것이 어찌 어른걸음을 따라 잡을 수 있었겠는가. 손녀를 잡아줄 손을 남은 우유가 아까워서 들었으니…

(1993. 5.)

이선우 수필집

질보다는 양

　얼마 전부터 위가 아팠다. 소화는 그런 대로 되었지만 음식물이 들어갈 때 쓰리고 아팠다. 공복에는 그 통증이 더 심했다. 하루에 커피를 너무 많이 마셔서 위가 헐었나, 혹시 위암(?)인가 불안하였다.

　"위장병에는 옻닭이 최고라더라."

　내가 며칠을 고통스러워하자 어머니는 옻닭을 한 번 해 먹어보자며 같은 교회에 나가는 언니에게 옻을 가져오라고 하신다. 교회 갔다가 집에 오니 오후1시쯤 되었다.

　"엄마, 두 마리면 충분하지요."

　내가 아파트 앞 슈퍼에 가려고 하니 어머니는 "네가 뭘 아냐 내가 사오마" 하면서 돈을 달라고 하신다.

　"엄마, 비싸도 다른 데 가시지 말고 슈퍼에서 토종닭으로 사세요."

　"알았다."

　금방 오시겠지 싶었던 어머니가 2시, 3시, 4시가 되어도 나타나지 않는다. 분명 슈퍼에 가지 않고 좀더 싼 백화점에 가신 것이리라. 그래도 벌써 서너 번을 다녀올 시간인데. 언니는 이미 솥에 옻물을 우려낸 지 오래이다. 4시

가 지나자 언니는 집에 계신 형부 때문에 더는 기다릴 수
없다며 돌아갔다. 어머니에게 무슨 사고가 난 게 아닌가
걱정이 되었다. 그런데 방금 나간 언니에게서 전화가 왔
다.

"엄마를 길에서 만났는데 뭘 잔뜩 사셨다. 무거우니까
빨리 나와서 받아드려라."

어머니가 무사함에 안도하면서 아파트 앞으로 뛰어나갔
다.

"얘, 슈퍼에 갔더니 닭 한 마리를 8천 원이나 달라고 하
더라. 백화점에 가면 2500원인데. 백화점에 가려고 셔틀
버스를 기다리는데 하두 안 와서 에라, 모란시장에 가보자
하고 모란시장에 갔더니 글쎄 만이천 원을 달라지 뭐니.
도둑놈들 같으니라구. 그래서 성호시장까지 걸어가서 만
원에 네 마리를 샀지 뭐니. 네가 준 돈이 남아서 귤이 싸
길래 2천 원어치 샀지. 그러구도 돈이 이렇게 남았다 얘."

어머니는 엄청 큰 폐기닭 4마리를 2500원씩 주고 산 것
이 마냥 자랑스러운지 신이 나셨다.

"엄마, 폐기닭은 질겨서 못 먹어요."

"왜, 저번에 넷째네 집에서 먹어보니 맛있더라. 막내네도
오라고 해서 다같이 먹자."

이선우 수필집

어머니는 땀을 식힐 짬도 없이 서둘러서 두 마리는 냉동
실에 보관하고 나머지는 솥에 안쳤다. 조금 있으려니까 닭
고기 익는 냄새가 온 집안에 진동했다. 막내네까지 불러서
식탁에 둘러앉았다.

그런데, 그런데 도저히 먹을 수가 없었다. 손으로도 칼
로도 뜯어지지가 않았다. 소가죽처럼 질기디 질겼다.

(1999. 8.)

귀가 얇은 어머니

신새벽부터 어머니는 바쁘다. 요즘 이곳 분당의 노인정
은 모두 텅 비었단다.

키토산인지 게딱지인지 행사장에서 아침 일찍부터 노인
들을 버스로 모셔가서 하루종일 즐겁게 해준단다. 즐겁게
해주는 것 뿐만 아니라 집에 돌아갈 때는 푸짐한 상품까지
손에 들려서 보낸다. 우리 집에도 날마다 어머니가 받아오
는 휴지, 미역, 멸치 등이 쌓이기 시작하였다.

"애, 오늘은 꿀을 준단다."

공짜가 그리도 좋으신가보다. 그런 어머니에게 나는 또 불안해진다. 그런 데 가시면 또 속는다고 말씀드리지만 이미 공짜에 혹 하셨으니 무슨 수로 어머니를 말릴 수 있으랴. 이제는 그들에게 조금만 뜯기기를 바라는 수밖에. 이 더운 여름에 에어컨시설이 잘 되었다니 수업료 지불하는 셈치자고 체념하였다.

한 달쯤 다니셨으니 이미 몇 가지의 물건은 구입하였을 것이다. 얼마 후 친구분들은 그들의 속셈을 파악하고 노인정으로 되돌아왔지만 어머니와 단짝 친구만은 여전히 출근하셨다.

"엄마, 이제 제발 그만 다니세요."

만류하는 나에게 어머니는 수북히 모아놓은 표딱지를 은근히 보였다. 그만 다니려고 해도 이것들 때문에 그만 둘 수가 없단다. 어머니 손에는 출석하여 받은 것, 친구를 데려와서, 물건을 구입하여서, 그만 다니는 노인들이 물려준 표딱지가 한 손에 다 쥘 수 없을 만큼 들려 있었다.

이것이 5백 장이 되면 쌀 20Kg, 1만 장 모으면 김치냉장고 등을 준다니 우리 어머니가 어찌 포기할 수 있겠는가. 그런데 그들은 모은 딱지로 물건을 바꾸려하면 상품이 떨어졌으니 다음 주에 준다면서 하루 하루 미뤘다.

　그렇게 또 한 달이 흘렀다. 행사는 막바지에 달한 듯했다. 어머니가 모은 표로는 키토산쌀 3가마니를 바꿀 수 있는데 맨날 미룬다면서 애를 태우셨다.

　그들은 마지막으로 성적이 좋은 노인들을 모시고 경치 좋은 곳으로 놀러갔는데 어머니도 단짝 친구분과 함께 뽑혀서 온천욕도 하고 고기 대접도 잘 받았다며 자랑이 늘어지셨다.

　"그놈들이 엄마가 뭐가 이쁘다고 온천도 시켜주고 고기도 사줘요. 그 돈 다 냈어요. 그 돈 몇십 배 아니, 몇 백 배는 엄마가 갖다 바쳤으니 해주는 거지."

　"네가 뭘 안다고 멀쩡한 사람들을 그놈 그놈 하냐?"

　어머니는 버럭 역정을 내셨다. 여름이 끝나갈 무렵 그들도 떠나고 어머니는 이제 제자리로 돌아오셨다.

　어느 날 어머니가 슬며시 나에게 잠옷을 내놓으며 입으라고 한다. 언뜻 보니 고속터미널 지하상가에서 막 쌓아놓고 파는 싸구려 같다.

　"키토산 잠옷인데 너 아침에 양치질할 때 구역질하지. 그런 사람들이 입고 자면 그 증세가 싹 가신대더라."

　잠옷에 스탬프로 조잡하게 정가가 찍혀 있었다. 1만 8천 원 주었구나. 3천 원이면 사는데 1만5천 원은 더 주었군.

그런데, 아이구 맙소사. 우리 엄마 간도 크셔라. ‘0’이 하나 더 붙어 있었다. 그 싸구려 잠옷을 우리 어머니, 자그마치 180,000원을 주고 산 거다.

어느 날, 딸들이 모여서 잡담을 나누다가 어머니의 키토산이 도마에 올랐다. 내가 예의 그 잠옷 이야기를 꺼냈더니 제부 하나가 “그 잠옷 장모님이 나에게도 주셨는데” 했다. 그러자 여동생이 “이이가 그 잠옷을 어찌나 아끼는지 심지어 빨래할 때는 옆에서 지켜서서 키토산 가루 떨어지지 않게 조심하라고 성화이다”라고 해서 딸들은 배가 아프도록 웃었다.

“엄마, 이 기회에 솔직히 고백하셔. 얼마 갖다 바쳤어요?”

“한 삼백만 원.”

“또 이벤트 회산지 뭔지 오면 그동안 모아놓은 용돈 죄다 갖다 바쳐요.”

“한번 속지 두 번 속냐.”

“속은 줄은 아셔요? 엄마는 열 번도 더 속았잖아요.”

(2000. 11.)

상한 고기가 너무 아까워

남편과 내가 퇴근하니 어머니가 미리 준비해둔 듯 '짠~' 하고 밥상을 내오셨다.

"와! 웬 고기! 상추도 푸짐하고~."

시장하던 참에 남편이 상추에 고기를 얹어 한입 가득 밀어넣는 순간, 윽 하고 구역질을 한다.

"뭐야!" 내 짜증에 남편은 "고기맛이 이상해. 상했나 봐" 한다.

"엄마! 또 고기 상한 거 구웠지요?"

"뭐! 고기가 상했어. 이상하다. 바싹 구웠는데…."

그러고 보니 지피는 게 있었다. 지난번에 먹다 남은 삼겹살을 싱싱고에 넣어놓고는 잊고 있었는데 어머니가 또 수고를 엄청 하신 것이다.

어머니는 맛이 간 돼지고기가 아까워 물로 싹싹 빨다시피 씻어서 우리가 눈치 못 채게 바싹 구워 내놓았음이 틀림없다. 어쩐지 이상하더라. 미리 구워 놓은 것이, 그것도 바싹….

"엄마, 상한 고기 먹으면 큰일나요. 살모넬라균이 있어서 목숨도 잃어요. 제발 그러지 마세요. 고기가 중해요. 자식이 더 중해요?"

퍼붓는 나에게 어머니가 일갈하셨다.

"그래, 나는 자식보다 고기가 더 아깝다. 멀쩡한 음식을 왜 버리냐. 니네들 안 먹으면 내가 다 먹을란다."

어머니는 절대로 음식을 버리지 못한다. 상한 고기를 물로 닦는 걸 내가 싸우다시피 빼앗아 쓰레기통에 버린 적이 어디 한두 번이던가.

어머니는 김치찌개가 맛있다고 하면 계속해서 며칠이고 김치찌개이다. 처음 서너 번은 그런 대로 먹게 되지만 다음부터는 쳐다만 봐도 질린다. 식구수가 많이 줄어든 지금도 어머니는 반찬을 한꺼번에 많이 만드신다.

그러다 보니 먹다 남은 음식은 어머니차지이다. 맛이 가기 직전의 음식, 계속 데워서 졸아든 찌개 등이 어머니의 반찬이다. 맛이 갈락말락한 반찬으로 늘 식사하는 우리 어머니. 심지어 상한 것까지 드셔서 식중독을 일으킨 적이 여러 번 있다. 휴일마다 어머니가 안 계신 사이에 냉장고를 뒤져서 남은 음식을 버리는 게 내 일과이다.

"어머니, 제발 상한 음식 드시지 마세요. 그러다 식중독 일으키면 반찬값보다 병원비가 더 들어요."

그러나 어머니에게는 '다 배지가 부른 짓'으로 치부되니

이선우 수필집

쇠귀에 경 읽기이다.

어머니는 일제 강점기를 거쳤고 6·25전쟁 등 참으로 굴곡 많은 시대를 살아오셨다. 어느 때는 먹을 게 없어서 솥에 물만 붓고 불을 때서 동네 사람의 동정을 피한 적도 있다고 하셨다.

어머니 마흔둘에 하루아침에 세상을 버린 남편을 대신하여 어린 자식들을 먹여야 했고 공부를 시켜야 했다. 배우지 못하고 가진 재산이 없는 어머니는 내핍생활이 재산이었을 것이다. 그게 고질이 되어 무조건, 어떤 것이든 아끼시는 것이다.

어머니가 병적(病的)이다 싶을 정도로 아끼는 습성은 알고 보면 참으로 눈물겨운 내력이 녹아 있는 것이기에 그런 어머니를 대할 때마다 나는 속울음을 운다.

소운 선생은 "내 어머니가 문둥병 환자라도 나는 클레오파트라와 바꾸지 않겠다"며 사모의 정을 나타냈다.

오늘도 어머니는 직장에 나가는 딸을 위하여 아침식사를 준비하고 집안 청소, 빨래를 하신다. 집을 나서는 나에게 '차 조심하라'며 사십이 넘은 딸을 못미더워 하신다.

(2002. 여름)

2
열정

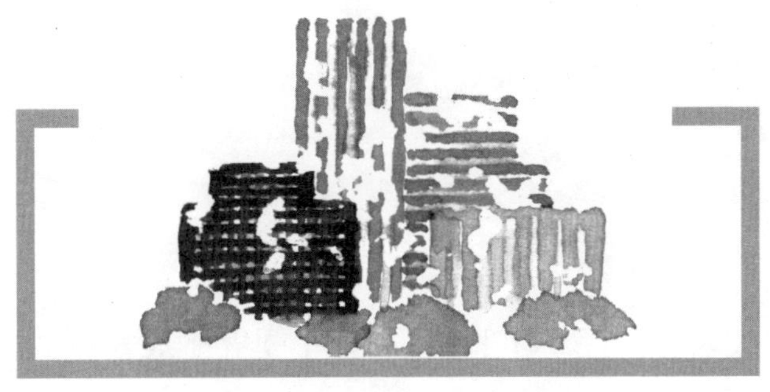

돈가마니

PC자판을 두드리다가 지루하여 창밖에 눈을 준다. 거리엔 사람도 차량도 뜸하고 바람조차 없는지 나뭇잎이 늘어져 있다. 말복이 지나고 처서가 다가오건만 아직도 한낮의 더위는 맹렬하다.

나는 하던 일을 잠시 밀쳐둔 채 오래 전에 돌아가신 아버지를 생각한다.

아버지는 더위에 축 늘어져 있는 어린 나를 종종 옹달샘가로 데리고 갔다. 아기에게 머리를 감기듯 나를 안고서 얼굴도 씻겨주고 머리도 감겨주셨다. 아버지 팔을 벗어날 때쯤이면 더위는 어느새 저만치 물러서고 기운이 솟는 듯했다.

머리에 닿던 아뜩하도록 차갑던 샘물, 머리를 다 감긴 후 머리카락을 정수리로 모아서 물기를 쭉 훑어 내릴 때의 머리카락의 상쾌한 당김, 옹달샘 속으로 빠질 것 같은 위태로움과 스릴 중에도 아버지의 든든한 팔에 안긴 채 그 사이로 올려다 본 하늘은 참으로 신비로웠다.

그런 아버지가 초등학교 5학년 때 갑자기 돌아가셨다. 아버지와 내가 공유한 세월은 12년이다. 옹달샘 가의 추억 외에 아버지와의 기억은 단편적인 몇 컷뿐 연속적인 것은 없다.

아버지는 때때로 우리 형제들을 앞에 세워놓고 성경구절을 암송하게 했다. 매번 새로운 성경구절을 요구하셨지만 자주 외우라던 구절은 "욕심이 잉태한즉 죄를 낳고 죄가 장성한즉 사망을 낳느니라"는 신약성경 야고보서 말씀이었다.

아버지는 지금도 고향에서 성함보다는 '돈가마니'라는 별호로 더 유명하다. 그 내력을 나는 커서야 어머니에게서 들을 수 있었다.

계룡산 산자락에 위치한 우리 고향에도 6·25는 곳곳에 아픈 상흔을 남기고 지나갔다. 전쟁의 막바지 무렵, 후퇴하던 인민군이 몰려와 우리 집을 비우라고 했다. 우리 집을 그들의 아지트로 삼았는데 얼마 후 국군에게 밀려 황급히 떠났다.

집으로 돌아와 대충 집안 정리를 끝낸 어머니는 늦은 저녁을 짓기 위해 부엌에 들어갔다. 밥을 안치고 불을 때기 위해 나무청에서 나뭇가지를 들춰내는데 뭔가 이상한 게 보였다. 솔가지 사이에 언뜻 비치는 건 누우런 가마니였다. 땔감을 헤치고 조심스레 가마니를 펼쳐본 어머니는 소스라치게 놀랐다. 허술해 보이는 가마니에는 고액권으로 돈이 꽉꽉 채워져 있었는데 그 돈가마니 뒤에 또 몇 가마니가 더 있었던 것이다. 어머니는 정신이 없는 중에도 저절로 들어온 횡재를 놓쳐서는 안되겠다는 마음이 들었다.

'이 돈이면 세상에서 제일 큰 부자가 될 수도 있을 것이다. 남편이 은행에 근무했으니 이 돈을 어찌할 방법도 알고 있을 것이다. 그래 이 돈을 가지고 고향을 떠나자.'

마구 방망이질치는 가슴을 애써 진정하고 마당에서 비질하는 아버지를 살짝 부엌으로 불러들였다.

그 밤이 새도록 어머니는 어린 자식들 호강시키고 잘 살아보자고 아버지를 붙잡고 애원하였다. 그러나 아버지는 조금도 흔들림이 없었다. 날이 밝는 즉시 지서에 선걸음으로 가서 신고하여 그 돈을 고스란히 넘겨주었다. 그 일로

이선우 수필집

인하여 아버지는 오히려 부역했다는 누명을 쓰는 고초까지 겪으셨다. 그런 연유로 아버지는 친구분들로부터 들어온 복을 스스로 차버렸다는 조롱이 담긴 '돈가마니'라는 별호로 불렸다는 것이었다.

내가 태어나기도 전의 돈가마니 사건이지만 우리 집은 그리 풍족하지 않았던 것 같다. 나는 늘 언니들 옷을 물려 입어야 했고 학교 공납금도 제때 내본 적이 없었다.

요즘, 권세를 쥐고 갖가지 이권에 개입하여 부를 축적한 전직 대통령들이 법정에 선 기사가 연일 보도된다. 그들의 파렴치한 축재 행각과 천문학적 숫자에 그저 입을 다물지 못할 따름이다. 그런데 그들이 그렇듯 양심을 저당 잡히고 모은 재산이 고스란히 국고에 환수된다고 한다. 그들은 이제서야 그것이 얼마나 헛된 짓이었던가 담장 높은 집에서 깨달았을까.

나도 그들처럼 높은 자리에 있었다면 청렴할 수 있었을까 자문해본다. 하지만 자신 있는 대답이 나오지 않는다. 어릴 적 우리 집의 형편과 비교해 보면 나는 가진 게 참 많다. 결혼도 하고 예쁜 딸아이가 있고, 나를 필요로 하는 직장이 있고, 작지만 아파트도 소유하였고 등등 헤아릴 수 없이 많다. 이렇듯 행복충족 조건은 구비되었지만 때때로 분수에 넘치는 욕심을 내서 화를 자초하고 상대적 빈곤감에 시달리는 등 부를 향한 번민 때문에 나는 행복하지 않은 것이다.

아버지는 그때 이미 나의 성정(性情)에서 물욕 때문에 번민할 미래를 내다보신 건 아닐까. 그래서 "욕심이 잉태한즉…"의 성경말씀을 자주 외우게 하신 것 같다는 생각이 든다. 아버지의 심중(心中)이 헤아려지는 이 성경말씀은 나의 욕심을 다스리는 금언이다. 그런데 요즘 들어 그때 어쩌면 아버지도 나처럼 불같이 이는 욕심덩어리를, 어린 자식의 입을 빌어 잠재운 것은 아니었던가 하는 생각을 한다.

내남없이 궁핍했던 시절, 아버지도 일곱이나 되는 적지 않은 자식들의 뒷바라지에 허리가 휘었을 것이었다. 많지 않은 농토로는 감당하기가 벅찼을 것은 뻔한 일, 기독교 신자인 아버지이건만 스스로 갖다바친 가마니의 돈이 어찌 생각나지 않았으랴. 그때마다 자식의 입을 빌어 마음을 다스렸던 것이리라. 이제서야 아버지도 번민했음이 손끝에 닿을 듯 감지되는 것이다.

사람은 빈손으로 태어난 그대로 떠날 때도 빈손이어야 한다. 백년도 못 채울 인생을 천년이라도 살 듯 욕심을 부려 무기징역과 사형까지 언도 받은 전직 대통령들이 오히려 가련하다. 우리 아버지 같은 어른이 그들 곁에도 있었더라면 욕심을 조금은 덜어냈을 것도 같다. 그렇더라면 지금쯤은 존경을 받는 전직 대통령으로서 남은 여생을 편안하게 누리고 있을 게 아니겠는가.

어릴 적 즐겨 암송하던 "욕심이 잉태한즉 죄를 낳고…" 성경구절을 다시 외워보며 삼십 년 가까이 잊고 있던 아버지를 그리워한다.

내가 태어나기 전의 돈가마니 사건이지만 그때 바른 판단을 내린 아버지의 용기가 두고두고 자랑스럽다.

(1996. 8.)

소나기

초등학교 5학년 여름방학 때다. 동생과 나는 아침을 먹고 곧잘 이웃동네 산자락에 있는 우리 집 과수원에 놀러갔다. 과수원 가는 길에는 동네를 가르는 넓은 자갈밭이 펼쳐지고 그 가운데로 좁은 냇물이 흐르고 있었다.

그 날도 동생과 나는 과제물을 챙겨서 과수원에 갔다. 그런데 원두막에서 숙제를 하다가 깜빡 잠이 들었던 모양이다. 소란한 소리에 퍼뜩 잠에서 깨니 비가 억수로 쏟아지고 있었다. 삽시간에 배나무 사이에는 누런 황톳물이 시냇물처럼 흘렀다.

비는 한참을 지난 후에 멈췄다. 비 때문에 우리는 점심도 거른 터라 힘없이 집으로 향했다. 과수원에 오던 때와는 달리 길에는 움푹 패인 곳도 있었고 없던 실개천도 생겨서 누런 빗물이 흐르고 있었다.

과수원 동네를 벗어나 냇가로 나온 우리는 어이가 없었다. 눈앞에 벌어진 광경에 한동안 멍하니 서있었다. 비가 그치면 곧 집에 갈 수 있을 것이라던 기대는 너무나 허망한 희망이었다. 개천은 이미 아침나절 우리가 건너온 시내가 아니었다.

아침까지만 해도 시냇물에는 송사리가 헤엄쳐 다니고 주변에는 하얀 자갈이 곱게 깔려 있었다. 나와 동생은 냇물에 놓여진 징검다리 대여섯 개를 통 통 통 건너서 과수원으로 왔었다. 그런데 아침의 그 평화롭던 모습은 온데간데없고 강처럼 넓어진 곳에 누런 황톳물이 넘실거리고 있었다. 굽이치는 황톳물 사이로 섬처럼 군데군데 키큰 풀들이 고개를 내밀고 흔들리고 있었다.

우리는 너무나 배가 고팠다. 그리고 위험을 모르는 철부지였다. 어떡하든 어서 집에 가고 싶은 생각뿐이었다. 해서 나와 동생은 손을 꼭 잡고 풀들이 고개를 내미는 얕은 곳을 골라 디디며 물 속으로 들어갔다. 얼만큼까지는 그래도 쉽게 들어갔는데 점점 물살이 세어지고 내 허리춤까지 물이 차오르자 오락 겁이 났다. 동생과 나는 두려움으로

소나기

부둥켜안은 채 멈춰서버렸다. 되돌아가려 했으나 이미 너무 깊이 들어가 있었다.

우리 자매는 꼼짝없이 물 속에 갇혔다. 사방을 둘러보아도 천지가 출렁이는 물뿐, 어느 누구도 보이지 않았다. 저 멀리 굴뚝에서 저녁 짓는 연기가 모락모락 보이고 어스름 어둠이 깔리고 있었다. 한참을 물 속에 갇혀 있었던 탓일까. 물이 맴도는 것처럼 느껴지며 어지럼증이 났다. 문득 멀리 우리 동네 쪽에서 사람소리가 들려왔다.

동네 오빠였다. 그는 동네에서 평판이 좋지 않은 청년이었다. 초등학교를 졸업하고 하는 일 없이 빈둥대며 나무라는 부모에게 대거리하여 못된 놈이라고 손가락질을 받는 처지였다. 그래서 어린 우리들도 그와 마주치는 걸 달가워하지 않았다.

그는 우리에게 들리도록 고함을 쳐댔는데 꼼짝 말고 조금만 참고 있으라 했다. 그리고는 소용돌이치는 물살을 헤치고 성큼성큼 다가와서는 우리 자매를 힘껏 감싸안았다. 우리에게 물을 쳐다보면 어지러우니 먼 산을 바라보라고 했다. 과연 먼 산과 하늘을 바라보니 어지럼증이 가셨다. 양팔로 동생과 나를 끌어안다시피 잡은 그의 팔에는 아버지에게서 느끼던 미더움이 있었다.

이선우 수필집

그는 수심이 얕은 곳을 잘 아는지 침착하게 물을 건너기 시작하였다. 그런데도 물이 내 목에까지 차며 넘실거렸다. 나보다 키가 작은 동생은 그가 안다시피 들어올려야 했다.

무사히 개천을 건네준 후 그는 공치사 한마디 없이 총총히 사라져갔다. 그런 그에게 우리는 고맙다는 인사조차 못한 채 반쯤 정신이 나가 있었다. 가볍게 건너다니던 개천이 그렇듯 무서운 얼굴이 될 수 있음이 우선 황당하였고, 더구나 평판이 좋지 않은 그의 도움을 받은 것이 내심 자존심이 상했던 것일까. 동생과 나는 약속이라도 한 것처럼 지금까지도 부모님께 그 사실을 말씀드리지 않았다.

그 후에도 그는 여전히 빈둥댔다. 어쩌다 우리를 만나도 아는 체 하지 않았다.

초등학교를 졸업하고 우리 집은 서울로 이사하였다. 그런데 해마다 폭우로 인한 크고 작은 사고를 매스컴을 통하여 접할 때면, 그 날의 폭우가 생각나며 그때 그가 아니었더라면 우리 자매는 어찌되었을까 싶으며 마음으로나마 그에게 감사했다.

그의 사촌동생인 친구 K를 얼마 전에 만났다. 그의 소식을 물어보았더니 우리 자매의 소나기 사건을 모르는 친구는 그에 대해 부정적이었다. 그는 시골에 정을 붙이지 못하였고 부모와 갈등이 심했는데 지금은 가출하여 소식을 모른다고 했다.

친구는 그를 몹쓸 사람이라 하였지만 나는 그가 얼마나 선하고 용기 있는 사람인 것을 안다. 그가 동네 평판이 좋지 않았던 건 어려운 집안 형편 때문에 진학하지 못하고 꿈이 좌절된 것에 대한 절망감이 자기학대로 나타났을 것이다. 그런 그를 주위에서 다독여주지 않고 손가락질만 해댔으니 더 엇나갔던 것이었다.

그가 폐인이 되었다는데 가슴이 아팠다. 어쩌면 그때 우리 자매가 부모님께 그의 덕으로 목숨을 건졌다는 말씀만 드렸더라면 그의 인생이 달라졌을 것 같아 더 안타까웠다. 부모님은 그의 집에 찾아가서 그에게 감사하였을 것이고 그 소문은 금방 동네로 퍼져나갔을 것이다.

그의 나쁜 평판이 일소되고 위험에 처한 두 아이를 구한 용기 있는 젊은이로 칭찬 받았을 것이었다. 그랬더라면 그는 동네 사람들의 칭송에 마음을 돌려 원래의 선한 심성을 되찾았을 것이 아닌가. 그러고 보면 우리 자매가 그에게 큰 빚을 지었다.

(1999. 9.)

이선우 수필집

이웃집 오이

남의 떡이 더 커 보인다거나 아내는 이웃집 여인이 더 예쁘다는 말처럼 사람의 심리 밑바닥에는 남의 것을 탐하는 속성이 도사리고 있는 것 같다.

둘 중에 어느 하나를 고르라 했을 때처럼 난감한 적은 없다. 비슷한 것 두 개를 놓고 비교하면서 좀더 나은 것을 선택하려는 경우에 나는 갈등을 일으킨다. 이것을 잡으면 저것이 더 좋아 보이기 때문이다. 심사숙고 선택하지만 언제나 후회가 남는다.

내가 처음 도심(盜心)이 발한 건 열 살 무렵이었다. 늘 오가는 길가에 이웃집 오이밭이 있었다. 그런데 그 오이가 너무나 먹음직했다. 우리 텃밭에도 오이가 자라고 있지만 새우등처럼 꼬부라진 오이뿐이었다. 그런데 이웃집 오이는 1자로 시원스럽게 쭉쭉 뻗어 있었다.

주일학교 선생님이, 하나님은 하늘에서 내려다보시기 때문에 우리들의 모든 행동을 훤히 아신다고 하였다. 그래서 나는 거짓말도 못했고 남의 물건에는 손댈 엄두조차 못 냈다. 그럴수록 내 눈앞에는 그 오이가 더 어른거렸다.

여름내내 이웃집 오이가 나를 괴롭혔다. 그러던 여름 끝 무렵 아무도 없는 틈에 그만 그 오이밭에 들어가 하나를 불쑥 따버리고 말았다.

오이를 손에 쥐고 나니 "이놈!" 하고 하나님이 금방 벼락을 내릴 것만 같았다. 그것을 어떻게 숨겨서 동네 가운데에 자리한 동산 농바위까지 들고 갔는지 모른다. 처음 범죄한 아담이 그때의 나와 같은 심정이었을까. 그도 무화과 잎으로 몸을 가리고 동산 나무 뒤에 숨었듯이 나도 바위틈에 숨었다. 그렇게 먹고 싶었던 오이였는데 막상 내 손에 쥐고나니 입에 대고 싶지도 않았다. 어쨌든 한 입 베어 물었다. 너무나 맛이 없었다.

그 날 이후 그 오이밭을 지나칠 적마다 죄책감이 나를 괴롭혔고 교회에 나가서는 곧 하나님이 벌을 주실 것만 같아 한동안 가슴이 두근거렸다.

이선우 수필집

딸아이가 친구와 슈퍼에서 아이스크림을 슬쩍 했다고 고백하여 충격을 받았다. 아이를 데리고 가서 슈퍼주인에게 사과하니, 주인은 이미 애들의 소행을 알고 있었다면서 아이들은 그런 시기를 거쳐간다며 오히려 위로해준다.

집으로 와서 아이에게 단단히 일렀다. "거짓말과 도둑질은 보는 사람이 없어도 두 사람은 알고 있다. 그 자신과 하나님이 알고 있으니 피해 갈 수 없다"고 하니 알아듣는다.

옛날 영국에서는 어느 해적이 런던탑 속에 모셔놓은 왕관을 감쪽같이 훔쳐냈는데 왕은 그 도둑의 신기(神技)에 가까운 수법에 경탄하여 처벌하지 않고 오히려 상을 주었다. 작은 도둑은 처벌을 받고 큰 도둑은 영웅이 된다고 하지만 남에게 해를 끼치는 행위에 상을 주는 건 그리 좋게 여겨지지 않는다. 그런데 나도 누가 40억짜리 복권에 당첨되었다면 부럽고 나에게는 그런 행운이 안 오나 하면서 사지 않은 복권을 아쉬워한다.

지금도 오이를 보면 그 오이밭 정경이 떠오른다. 이랑마다 삼각형 모양으로 세워준 받침대를 타고 줄기가 어찌나 잘 자라는지 초록바다가 일렁이는 것 같았다. 삼각대 밑으로는 쭉쭉 뻗은 오이가 무수히 매달려 있었다.

이웃집 오이

　그때 내가 끝까지 참고 이웃집 오이밭에 들어가지 않았더라면 지금보다는 조금은 더 순수한 사람으로 있을 것 같다. 남의 오이를 훔쳐먹었는데도 침묵하시는 하나님의 존재를 의심하면서 세상 속으로 한 발 한 발 들여놓았던 것 같다.

(2001.)

이선우 수필집

풍뎅이의 위기

헐렁하던 버스 안이 어느새 불어난 승객으로 버스가 터질 것 같다. 게다가 자하문을 지나면서 속도가 떨어지더니 광화문 진입로 문턱인 증권감독원 앞에서는 움직임을 멈춘 지 오래다.

버스 동쪽 유리창 쪽에 서있는 나는, 승객들이 내뿜는 열기와 마구 쏟아져 들어오는 복달임의 태양열을 흠빡 받고 서있었다. 서있다기보다는 차라리 유리창에 붙어있다는 게 옳은 표현이다.

라디오에서는 엊그제 운거산에 추락한 여객기사고에 얽힌 뒷이야기가 흘러나오는데, 문득 그 날 저녁 텔레비전에서 보았던 그 여인의 안부가 궁금하다.

사고가 나던 날 밤, 방송 3사(社)의 취재열기는 대단하여서 시청자들을 사고현장에 옮겨다 놓은 듯 생생하게 전달해주고 있었다. 그런데 TV화면에 느닷없이 나타난 한 여인의 공중곡예─. 헬기에서 내려온 밧줄을 생명선인 양 부여잡고 벌이는 그녀의 삶에의 투쟁은 숭고하고 눈물겨운 것이었다. 공중에 떠있는 구조헬기에까지 그녀의 몸이 올려지는 동안 입은 원피스가 바람에 사정없이 말려 올라가서 두 장의 속옷차림이 그대로 전국의 시청자들에게 노출되어 버렸다.

누드에 가까운 그 장면만을 경쟁적으로 반복하여 내보내는 TV보도진들에게서 나는 지금도 스멀거림이 느껴진다.

아직도 내가 탄 버스는 한 뼘을 나아가는데도 쉽지 않다. 숯불을 쏟아붓는 듯한 열기와 숨막힘, 지루함으로 인내력의 한계를 느낀다. 빽빽하게 자동차들로 메워진 4차선 도로를 내려다보다가 아스팔트 위에서 미세한 움직임을 포착했다.

자세히 내려다보니 풍뎅이 한 마리가 뒤집혀져 배를 드러낸 채 허우적거리고 있다. 날개를 간단없이 팔락거리는 모습은 위기에서 탈출하려는 몸부림이었다. 그런데 그 풍뎅이가 맴을 돌면 돌수록 버스 옆에 서 있는 승용차 바퀴

이선우 수필집

밑으로 더 가까이 다가설 뿐이다.

이제 금방 신호등이 바뀌기라도 하면 승용차는 고속력으로 내달릴 것이다. 그가 요행히 저 승용차 바퀴는 피한다 해도 그 뒤에 끝없이 이어진 차량들을 어떻게 피하여 살아남을 수 있을 것인가. 그런 상황도 모른 채 뒤집혀진 몸을 어떻게든 바로 세우려는 풍뎅이의 안간힘….

나는 이 풍뎅이의 어리석음을 내려다보며 고소(苦笑)하다가 여객기 사고에서 구출되던 그 여인의 모습이 겹쳐지며 미구에 닥쳐올 풍뎅이의 운명에 연민이 느껴졌다. 해서, 간절한 염원을 담아 그에게 메시지를 보낸다.

'안돼! 가만히 있어. 네가 움직일수록 더 위험해!'

나의 메시지를 감지할 리 없는 풍뎅이는 여전히 신고(辛苦)의 몸부림을 계속하고 있다. 풍뎅이의 모습을 주시하다가 순간 나 또한 저 뒤집혀진 풍뎅이와 같은 위험에 노출되어 있는지도 모른다는 생각이 퍼뜩 들면서 등골이 오싹해진다.

지난해 여름, 나는 구월 초순쯤에서야 직장에서 말미를 얻었다. 그래서 가까운 친지들과 두 대의 승용차에 분승하여 강원도 평창에 갔다. 평창에 도착하여 이른 저녁을 들고는 상승된 기분으로 근처 명소를 찾아나섰다.

어둠이 내려앉을 무렵, 나는 뒷차에 승차하여 앞차를 따랐다. 출발한 지 10분쯤 달려서 새로 뚫어놓은 터널을 막 벗어났는데 앞차에서 연기가 솟고 있었다. 속도를 내던 우리 승용차도 앞차와의 추돌을 가까스로 면하여 정차하였다.

산을 깎아 도로를 넓히고 미처 마무리 공사를 하지 않았는데 며칠간 내린 늦장마로 낙석사태가 일어난 것이었다. 앞차는 초가집만한 바윗덩이를 들이받고 앞부분이 왕창 찌그러졌는데도 다행히 모두 무사했고 한 사람만이 가벼운 타박상을 입었다.

반대편 차선을 보고 우리는 더 아연실색하였다. 그쪽은 천인절벽 낭떠러지였다. 앞차 운전자는 굴러 내려오는 바위를 발견하고 반대편 차선으로 핸들을 꺾으려다가 그쪽이 절벽이었음이 생각나서 차라리 바위와 충돌하였다고 했다. 계속해서 크고 작은 바위들이 굴러 떨어졌다.

숙소로 갈 수 있는 길은 유일하게 이 길 뿐이어서 우리는 낙석사태가 뜸한 찰나를 노려 50여 미터에 달하는 위험지대를 간신히 벗어났다. 등뒤에서 또한번 '우르릉 쾅' 하는 굉음이 들렸다.

우리가 그때 위험지대로 다가설 때 하나님께서도, 내가 풍뎅이에게 보낸 위험신호를 계속해서 타전(打電)하지 않았을까. 풍뎅이가 나의 메시지를 듣지 못하듯 우리 역시 하나님의 음성을 듣지 못했는지도 모른다.

　나는 저 풍뎅이를 도와줄 수도 있다. 버스에서 내려 몸뚱이를 살짝 뒤집어만 준다면 그는 푸른 창공으로 훨훨 날아갈 것이다. 그런데도 나는 그를 위해 어떤 몸짓도 하지 않는다. 교통법규를 지켜야하는 인간이 만들어 놓은 법을 어길 수 없다는 이유로. 하나님도 우리에게 도래할 위험을 번연히 내려다보면서 우주만물의 운행질서를 위해서 침묵하시는 것일까. 부산 구포역 열차전복 사고에도, 운거산 아시아나 여객기 사고에서도….

　이 아침, 저 풍뎅이가 몸이 뒤집혀져서 도로 한 가운데 던져진 것은 어쩌면 한 개구쟁이의 짓궂은 장난에 의해서인지 모른다. 구포역 열차사고와 운거산 비행기 사고도 알고 보면 공사비를 아끼느라 부실공사를 한 자들의 욕심 때문이었고 악천후로 판단착오를 한 기장 때문에 일어난 사고인 것이다.

　그러나 쏟아지는 낙석 가운데에서도 내가 무사하였듯, 그 엄청난 사고에서도 살아남았던 사람들처럼 풍뎅이도 비참한 최후를 맞지 않을 것 같다. 그렇듯 최선을 다하는 풍뎅이에게 하나님의 가호(加護)가 있을 것만 같다. 그가 쉬지 않고 맴을 돌며 다가간 곳은 승용차 밑, 신호등이 바뀌고 승용차가 부릉 하는 바람에 의하여 그의 몸이 바로 세워지면서 힘있게 하늘로 솟아오르지 않을까.

최근 들어 엄청난 재해가 세계 곳곳에서 일어나고 있다. 화산이 터지고 지진이 일어나고, 여객기가 추락하고…. 그러나 사고가 무서워 손발 묶어놓고 집안에만 있을 수 없는 게 우리의 현실이다. 오늘도 공항에는 여객기를 이용하려는 사람들로 붐빌 것이고, 서울역도 표를 사려는 사람들로 장사진을 이룰 것이다.

사람이 자신의 운명을 알 수 없게 창조된 건 참 다행한 일이다. 풍뎅이가 한 치 앞을 내다보지 못한 채 자기 삶에 최선을 다하듯 사람들도 현재보다는 더 나은 미래가 있으리라는 기대를 갖고 지금의 고난쯤은 견디어내지 않는가.

나는 때때로 지탱해야 하는 삶이 버거워, 또는 절벽 같은 상황 앞에서는 주저앉고픈 유혹에 빠진다. 그런데 이 아침, 가장 절망스런 때가 하나님의 은혜를 받을 수 있는 순간임을 풍뎅이가 깨우쳐준다. 도로 한 가운데 뒤집혀진 풍뎅이와 다를 바 없는 미미한 삶일지라도 희망을 잃지 않고 억기차게 한번 살아볼 일이다.

(1994. 1.)

그림 선물

"엄마, 선물 받았어요."

현관에 들어서자마자 딸아이가 종이 두 장을 쏙 내밀었다. 의아해하는 내게, 어머니가 유치원에서 아이가 귀를 다쳤다고 하셨다.

아이의 귀를 들여다보니 귀의 앞부분 물렁뼈에 상처가 났다. 만들기 시간에 플라스틱 조각이 날아와 딸아이 귀에 박혔다는 것이다. 왜 하필 그 플라스틱 조각이 우리 아이에게 와 박혔는가. 알 수 없는 대상에게 원망을 쏟다가 물렁뼈가 관통될 정도의 위력을 생각하니 눈이나 얼굴 부위를 비켜간 것이 그나마 다행이었다.

"엄마, 귀에서 피가 나서 막 울고 있는데 단비와 영민이가 울지 말라며 이 선물을 줬어요."

상처로 보아 귀가 아플 텐데도 아이는 받은 그림만이 좋은가 보다.

"이환아, 이 그림을 받으니까 아프지 않대?"

"예, 아팠지만 꾹 참았어요."

나는, 너도 친구에게 그림을 준 적이 있느냐 물으니, 단비가 코피가 났을 때 울지 말라며 주었다고 한다. 딸아이와의 대화로 그 애들은 친구가 어려울 때면 서로 그림을 그려 주며 아픔을 나누는 모양이었다.

고향 친구는 내가 사업을 시작하자 기꺼이 사무실 집기를 마련해 주었다. 사무실에서 점심 식사를 해 먹는 것을 알고는 때때로 깻잎장아찌·멸치조림·쌈장 등 밑반찬을 싸들고 와서 냉장고를 가득 채워 주고, 몸이 피곤할 때 먹으라며 토종꿀까지 보냈다. 중국여행 가서는 잊지 않고 엄지손가락 굵기의 때깔 고운 곡옥으로 우리 회사 상호를 새겨 가져왔다. 어느 날은 바쁜 걸음으로 들러서 나를 백화점으로 데리고 가서 옷을 사주고는 총총 돌아서기도 했다.

나도 고마운 친구에게 뭔가 보답을 하고 싶어 백화점에 갈 때마다 뭐가 좋을까 기웃거려 보지만 선뜻 정하지 못하고 돌아선 적이 여러 번 있었다. 얼마 전 친구가 사무실에

이선우 수필집

들렀기에 감사의 사연과 함께 약간의 현금을 그의 가방에 몰래 넣어 두었다. 늘 병약한 그가 영양제라도 사먹기를 바라면서.

집에 도착한 그가 즉시 전화를 하였다. "우리가 이런 사이였더냐. 어찌 이런 일을 할 수 있느냐"며 질타했다. 이런 식의 우리 관계라면 그만 절교해야겠다고 하였다.

바쁘다는 핑계로 적당한 게 생각나지 않으면 나는 대충 이런 식으로 고마움이나 인사를 대신했던 것 같다. 친구의 따끔한 충고에 정신이 번쩍 났다. 나의 짧은 소견으로 한 짓이 하마터면 소중한 친구를 잃을 뻔한 것이다.

지금 세간에 회자되고 있는 재벌 부인과 고관 부인들 간에 오갔다는 '선물'에 나는 상대적 빈곤감을 느낀다. 그들이 입는 코트값이 내 일년 수입과 맞먹기 때문이다.

그들이 받았다가 되돌려 준 선물, 딸아이가 받은 그림 선물, 내가 친구에게 준 선물은 다 같은 '선물'이라 이름지어진 것이지만, 주는 사람과 받는 사람간의 선물에 담긴 의미에는 사뭇 차이가 나는 것 같다.

재벌 부인과 고관 부인은 구속에 임박한 남편을 구명하기 위한 뇌물성이었고, 받는 쪽에서도 선물에는 탐이 났지만 눈물(?)을 머금고 되돌려 주어야만 하였다. 친정언니와

그림 선물

도 같은 무한한 정으로 보살펴 주는 친구에게 나도 뭔가를 보답한답시고 전달한 것은 봉투의 무게만큼이나 가벼운 짓이었다. 어찌 친구의 정을 얄팍한 봉투로 대신하려 했는지 두고두고 부끄러운 기억이다. 그러나 딸아이와 그 친구들 간에 오고간 그림 선물은 본래의 선물이라는 의미가 고스란히 담긴 순수한 것이었다. 피가 흐르는 상처와 아픔도 치유되는 마음의 선물이었던 것이다.

이제 딸아이의 상처도 아물어 딱지가 앉았다. 아이는 그림을 얼마나 들여다보고 만졌던지 종이가 많이 해졌다. 할머니가 책상 정리를 하는 날에는 휴지통으로 들어갈 종이조각에 불과한 것이지만, 아이에게는 가장 소중한 보물인 것이다.

어머니에게 당분간 아이의 그림을 버리지 말아 달라고 부탁을 해야겠다.

(1998. 10.)

황소와 백로

"앞산에 가득한 봄빛 나 혼자 보기 아까워." "언제 올 거야. 텃밭에 심어 놓은 토마토 이젠 거둬야 해." "맨드라미 다 지겠어."

이따금 앞산 안개가 신비롭다고, 점점 짙어지는 녹음에 마음을 빼앗겼다고, 뻐꾸기가 운다고, 꽃밭에 심은 봉숭아가 가득 꽃을 피웠다고 선배는 전화한다.

소도시에 살던 선배가, 부군이 정년퇴직을 하자 화전민촌이었다던 산골에 삶의 터를 옮겼다. 그곳을 다녀온 이들로부터 동화 속 같다는 말은 진작부터 듣고 있어서 언제든 가고싶던 곳이다. 그래서 어느 날 불현듯 딸아이의 손을 잡고 집을 나섰다. 동서울터미널에서 출발하여 두 시간여

만에 한적한 시골 정류장에서 내렸다. 선배는 이미 승용차를 대기하고 있었다.

선배는 선천적으로 병약해 약을 끼고 사는데 한눈에도 건강해진 것 같다. 밭일, 과수원일 같은 힘든 일을 해서는 안 되는데도 동네의 부족한 일손에 마을 여인들을 따라다니며 일을 돕는단다. 그렇게 즐겁게 일하고 산골의 맑은 공기를 마시니 건강이 절로 좋아지는 것 같다고 했다.

선배의 집은 시외버스 정류장에서도 아득히 보이는 저 산 속에 있단다. 집으로 가는 들녘은 온통 초록 일색이었다. 시냇가에 황소 한 마리가 순한 눈빛으로 서있고 그 곁에 백로 한 마리가 황소의 옆구리를 콕콕 쪼고 있는데 그 정경이 그럴 수 없이 평화스러웠다.

얼마간 들녘을 달리더니 승용차는 높은 지대를 오르기 시작했다. 이어서 물안개 자욱한 저수지가 나타났다. 승용차는 저수지를 끼고 산 속으로 산 속으로 좁은 길을 달리더니 이윽고 아담한 집에 당도하였다. 텃밭에는 토마토가 빨갛게 빛나고 봉숭아꽃이 소담스러웠다.

선배는 칼국수를 미느라 분주한데 나는 간편한 옷으로 갈아입고 딸 환이의 손을 잡고 야산에 올랐다. 동네를 가로지르는 개울에서 만난 꽃창포와 미나리가 반갑고, 산 초

이선우 수필집

입에는 취나물도 눈에 띄고, 둥굴레, 원추리 꽃이 예쁘다. 산길 따라 이름 모를 들꽃들이 좍 깔려 있었다.

숲 속에는 여름잔치가 한창이었다. 바람에 몸을 맡기고 누웠다 일어서는 풀잎들의 물결, 나뭇잎 사이로 퍼지는 신비로운 햇살과 나비들의 유영, 가까운 곳에서 휘파람 같은 새소리도 들렸다. 알싸하고 상큼한 기운이 가득하였다. 숲 속 정경에 도취된 딸 환이는 폴짝폴짝 내 주위를 뛰어다녔다. 내려오는 길에서 산나물도 한 줌 뜯었고 졸졸 흐르는 물에 손을 담그며 흠씬 배인 땀도 식혔다. 층층나무꽃 한 줄기를 꺾어 딸아이 손에 들려주었다.

이른 저녁을 먹고 정원에 나와 돌 위에도 걸터앉고 나무 의자에도 앉았다. 깊은 산 속이라 어둠이 금방 찾아들었다. 저쪽 하늘가로 별이 돋아나기 시작하였는데 선배는 토마토와 갓 쪄낸 감자를 돌 탁자에 차리고 와인 한 잔씩을 앞에 놓았다.

선배 부부는 평소에도 자연사랑을 묵묵히 실천하는 분들이다. 그분들이 보람으로 여기는 일 중의 하나는 마을사람들을 설득하여 모든 농작물과 동물들에게 밤하늘을 찾아준 것이라 하였다. 밤9시가 되니 동네 좁을 길을 밝혀주던 모두 꺼지고 10여 호 되는 집들의 불마저 하나씩 둘씩 소등

황소와 백로

(燒燈)되었다. 회청색 하늘에는 초승달이 가늘게 걸려있고 쏟아질 듯 별빛만이 찬란하였다. 은하수가 흐르고 북두칠성도 뚜렷하였다. 몇 십 년 만에 보는 밤하늘인지 기억조차 희미했다.

그러고 보니 딸아이에게 시골의 밤하늘을 보여준 게 처음이다. 아이에게 국자모양의 북두칠성과 견우와 직녀가 까치가 놓은 다리를 건너 만난다는 은하수도 알려 주었다. 하늘에 놓인 강 은하수를 바라보는 환이의 눈동자가 동화나라에라도 온 듯 신비감으로 출렁였다. 하얗게 새워도 좋을 것 같은 밤이었다.

귀로에 전날 온 길을 되짚어 내려오면서 냇가에서 만났던 황소와 백로를 찾았으나 눈에 띄지 않았다. 문득 선배 부부가 어제 본 황소와 백로 같다는 생각이 들었다. 그 황소와 백로는 전생에 부부인 것처럼 다정했다. 황소는 무심한 척 아내의 잔소리를 들어 넘기는 듬직한 지아비 같고, 백로는 가만가만 바가지를 긁는 행복한 지어미처럼 느껴졌다.

선배의 부군은 황소같이 과묵한 분으로 몸이 약한 아내를 애지중지 아낀다. 워낙 신뢰할 수 있는 분이어서 이사 온 지 1년 만에 동네이장으로 선출되었다. 선배 역시 남편

이선우 수필집

을 하늘처럼 받들며 소리 없이 내조하는 천생 조선여인 같
은 분이다. 내가 어제 황소 곁에 서있던 백로가 선배 같았
다고 하니 운전을 하던 선배가 호호 웃었다.

　이번 여행에서 나는, 내 노년에 대한 방향을 제시받은
것 같다. 먹을 채소를 손수 가꾸고 벌을 쳐서 꿀을 따는
등 땀 흘린 양만큼 거두는 기쁨을 누리고 사는 선배 부부
에게서 나도 저렇게 산다면 늙는 게 어둡지도 외롭지도 않
을 것 같다는 생각을 하였다.

　딸 환이에게도 별빛과 달빛, 숲속에 대한 기억이 큰 추
억으로 자리할 것 같다.

(2002. 여름)

집수리와 유행

집안형편으로 여고를 졸업하자마자 곧장 직장에 나간 친구는 마땅히 입을 의상이나 구두가 없었다고 한다.

드디어 첫 월급을 받았다. 부모님 내복을 사드리는 게 자식된 도리였던 시절이었는데도 우선 명동의 구두점부터 들러서 두루 살펴볼 겨를도 없이 직장 선배들이 신었던 것과 똑같은 구두부터 샀다.

의기양양 방금 산 구두를 들고 거리로 나서니 이번에는 거리에 오가는 많은 아가씨들의 구두만 보였다. 그런데 모두들 새로 유행하는 구두를 신고 있었다. 그러고 보니 자기가 방금 사들고 나온 구두가 영 촌스럽게 느껴졌다. 뒤바꿀 요령조차 터득하지 못한 풋내기 숙녀는 다른 구두점에 들어가 새 구두를 사들고 나왔다. 그 날 그렇게 하여 친구는 세 켤레의 구두를 구입하였다.

유행은 여인들의 구두나 옷, 액세서리에만 머무는 게 아닌 듯하다. 어느 해는 용이 새겨진 은반지를 사드려야 부모가 장수한다 하여 시중에 은이 동났었고, 빨간 내복이 유행인 적도 있었다. 요즘 이곳 신도시에는 아파트 리모델링이 유행인 듯하다.

10여 년 전 새로 지은 아파트에 입주하였는데 그동안 제대로 손보지 않고 살았더니 엉망이었다. 그래서 올봄에는 실내 분위기를 바꿔보고 싶다며 어머니와 남편에게 상의하였다. 그런데 집수리는 자금만 마련되면 내 계획대로 쉽게 할 수 있으려니 싶었는데 의외의 복병이 도사리고 있었다.

어머니도 나름대로 집수리에 대한 구체적인 꿈이 있었다. 문제는 나와는 전혀 방향이 다르다는 데 있었다. 어머니는 바닥은 민속장판을 고집하였고 커튼, 벽지는 15,6년 전에 유행하던 것을 강력하게 내세우셨다.

나는, 요즘 유행하는 원목으로 거실과 방을 몰딩하고 바닥은 문턱이 없는 마루시공을 하고자 했다. 또한 벽의 그림과 사진도 떼어내 공백으로 남기고 싶었다.

나의 계획에 어머니의 반대는 상상 밖이었다. 멀쩡한 문턱을 왜 없애냐 문턱 있어서 뭐가 안되냐는 등 노기(怒氣)까지 띠셨다. 그 중에서도 어머니가 절대 양보할 수 없는 건 10여 년 전에 유행했던 민속장판이었다. 모녀가 옥신각신하자 남편의 안목 또한 그 장모에 그 사위인지라 "이 사람아, 유행은 돌고 도는 것이야"라며 은근히 어머니편에 서는 것이었다.

지금 집을 고치면 앞으로 5년 후에나 다시 손볼 터인데 최신식으로 해도 내년쯤이면 또 새 모델이 나올 것이고 그렇다면 많은 돈을 들여가면서 굳이 집수리를 할 이유가 없다는 생각에 이르렀다.

어머니는 뭐든지 옛것만을 고집하신다. 자식들이 생신이나 어버이날에 사오는 옷은 모두 마음에 들지 않는단다. 이제는 알아서 현금으로 드리는데 그러면 어디에 그런 촌스런 옷을 파는 가게가 있는지 잘도 사 입으신다.

어머니는 사십에 혼자 되어 어린 자식들 공부시키느라 변변한 옷 한 벌 사입지 못하였다. 어머니가 지금 즐겨 사입는 건 그때 유행하던 옛날풍의 옷들이다. 그러다가 얼마 후 "얘, 이것보다 더 좋은 게 나왔는데 몰랐구나" 하신다. 어머니는 당시에 유행하는 걸 아무리 권해도 절대로 들으

이선우 수필집

려 하지 않으신다. 전국이 뒤집어질 듯 한바탕 유행이 휩쓸고 지나간 후에야 비로소 트이는 우리 어머니의 안목. 그래서 항상 뒷북만 치시는 어머니.

어머니와 옥신각신 한동안 신경전 끝에 절충하여 집수리를 마쳤다. 당신 뜻대로만 되지 않은 집수리로 인하여 얼마간 어머니는 심기가 불편하였다. 그런데 친구분들이 다녀가시고 어머니도 최근에 리모델링한 집들을 두루 다니셨다. 어느 날 "얘, 그때 네 말을 들을 걸 그랬구나" 하면서 또 뒷북을 치신다.

내가 어머니와 마음이 상하면서까지 대부분 내 의견대로 집수리를 하였지만 유행은 돌고 도는 것인데 얼마 후엔 어머니 의견을 좇지 않을 걸 내가 후회할지도 모를 일이다. 수시로 변하는 게 사람의 안목과 유행이니 그게 언제 또 변덕을 부릴지 알 수 없기 때문이다.

(2002. 6.)

농바위

친정조카딸이 휴가 중에 나의 고향에 다녀왔다며 찍어온 사진을 보여준다.

초등학교를 졸업하고 떠난 고향을 나는 늘 그리워만 하고 쉽게 찾지 못하는데 사진을 보며 향수를 달랜다. 한 장 한 장 사진을 넘겨보다가 농바위 사진 컷에 시선이 오래 머문다.

'농바위'는 내 고향의 별칭이다. 동네 한 가운데 솟아오른 곳에 크고 작은 바위들이 모여 동산을 이루고 있는데 그 한 가운데 장롱처럼 생긴 바위가 대여섯 개 이어져 있다하여 농바위라 불리는 것이다. 바위 사이사이에는 수령이 백 년도 더 되었을 아름드리 팽나무와 소나무가 서 있

이선우 수필집

다. 한여름에는 나무들이 무성한 숲을 이루어 동산 전체에 그늘을 드리운다. 마을 어느 곳에서 보아도 뚜렷이 떠있는 오아시스 같은 곳이 바로 농바위다.

한여름에 찍어온 사진에는 바위마다 하얀 옷을 입은 노인들이 앉아 있었는데 조카딸은 "마치 원숭이(?)들처럼 바위 하나씩을 차지하고 앉아 있더라"고 사뭇 불량스런 표현을 쓰며 웃어댔다.

조카딸의 말이 아니더라도 눈만 감아도 나는 그곳의 여름 풍경이 훤히 떠오른다. 고향 사람들은 농바위와 더불어 애환을 같이 한다 해도 과언이 아닐 정도로 마을의 길흉사를 그곳에서 치렀다.

나는 농바위는 신(神)이 꾸며놓은 놀이동산이라는 생각을 갖고 있다. 어떤 뛰어난 설치미술가라도 이보다 더 잘 꾸밀 수 없으리만큼 완벽하기 때문이다. 바위가 정으로 다듬어 놓은 듯 형태를 갖춘 게 여러 개 있고 동산 이곳 저곳에 세심하고 치밀하게 설계하여 배치한 듯이 수많은 바위들이 놓일 자리에 놓여 있는 것이다.

장기를 두는 바위에는 빙 둘러 여러 사람이 둘러앉을 수 있게 돌의자 같은 게 있고, 높은 장롱바위 앞에는 오르기 좋게 디딤돌이 놓여있다. 장롱바위가 병풍처럼 쳐져 있는 앞에는 네모 반듯하고 길다란 평상바위가 있는데 이곳에서 신께 제(祭)라도 올렸는가 싶다.

동산 꼭대기에는 널따란 광장이 나오는데 동네사람이 다 모일 만큼 편편한 몇 개의 바위가 객석처럼 빙 둘러 펼쳐져 있다. 광장 바로 아래에는 집채만한 바위 위에 둥글고 커다란 흔들바위가 있어서 때때로 장정들이 힘자랑을 한다. 이밖에도 동산 곳곳에는 크고 작은 바위들이 아기자기 배치되어 있고 사이사이 나무들이 서있다.

봄부터 가을까지 꼬마는 꼬마끼리, 아이들은 아이들끼리, 어른은 어른끼리 농바위에 모여든다. 밤에는 처녀 총각들의 밀회장소로서도 훌륭하였을 것이다. 사내아이들은 아슬아슬하게 바위타기, 나무 오르기, 흔들바위를 흔들면서 힘을 길렀고, 여자아이들은 광장바위에서 공기놀이를 하거나 한 사람씩 무대 앞에 나가 노래를 부르거나 장기자랑을 하였다. 놀이가 시들해지면 애기꾼을 중심으로 무릎을 맞대고 앉아 도깨비, 멍석귀신 얘기 등에 숨을 죽였다.

여름방학이면 농바위는 이동학교가 된다. 상급생은 초급생의 공부도 도와주었다. 주전부리가 없던 시절이라 입이 궁금하면 팽나무 열매를 따먹으며 더위를 잊었다. 어른들도 아침나절 논에 들어가 김을 매다가 한낮에 들러서는 막

이선우 수필집

걸리 한 사발 들이켜고 달게 자고 일어나서 다시 논으로
들어갔다.

깊은 가을에는 우수수 떨어진 낙엽이 농바위에 한 자나
쌓이고 동네 사람들의 발길도 뜸해진다. 그러나 곧 겨울이
닥쳐오고 아이들은 동산 아래 연못에서 썰매를 타려고 모
여든다. 이렇듯 농바위는 사계절 마을사람들을 위한 공간
으로서의 역할을 감당하였다.

신은 처음 이 동산을 만들 때 안전장치까지도 설계도에
넣어놓았던 것 같다. 바위와 나무만 있는 곳이라 자칫 사
고가 날 법도 하련만 크고 작은 사고 하나 없었으니 참으
로 신기하다.

이런 농바위에 전설 하나쯤 전해오지 않을 리 없다. 옛
날 이곳 바위틈에서 날마다 쌀이 나왔다고 한다. 그런데
동네 사람의 하루 식량만큼씩만 나왔다. 어떤 사람이 날마
다 조금씩 나오는 쌀에 감질이 났다. 바위 속을 파면 그
속에 들어 있는 쌀을 한꺼번에 얻을 수 있겠다는 욕심이
생겨서 바위 속을 헤집었는데 아무것도 그 속에 들어 있지
않았다. 그 후로 쌀마저 나오지 않았다는 것이다.

모든 인간사에서 욕심 때문에 사단이 벌어졌듯이 그도
부리지 않아야 할 욕심을 부렸으니 새삼 어리석은 사람들

의 욕망을 본다.

시골 어느 마을이든 마을마다 수호신인 나무나 바위가 있다. 그곳에다 마을의 안녕을 기원하는 제를 드리고 나무나 바위에 금줄을 치고 헝겊조각을 달아 놓은 것을 흔히 보게 된다. 그런데 우리 고향 농바위에서는 그런 의식을 하지 않았다. 농바위도 여느 동네의 수호목(守護木)이나 바위보다 그 의미가 더 각별했을 텐데도 굿을 하거나 제를 드리지 않은 게 이상하다. 기독교인보다는 오히려 샤머니즘을 신봉하는 사람들이 더 많았는데 이심전심 농바위는 그저 순수한 아이들의 놀이터로, 어른들의 쉼터로서의 역할만 부여한 듯하다.

농바위 아래에는 사철 수량 풍부한 연못이 있어 잉어가 노닐었고 겨울에는 스케이트장이 되어 주었는데 이제는 흔적조차 없다. 이제 연못이 있었다는 건 기억 속에나 남아 있을 뿐이다. 연못의 수량만큼이나 풍성했던 순후했던 인정이 그립다.

어쩌다 고향에 들러도 아는 이도 별로 없고 아저씨 아주머니들만이 노인이 되어 고향을 지키고 있을 뿐 자라나는 아이들의 모습이 보이지 않는다. 마을에 아이가 없다는 것은 희망이 없다는 말과도 같다. 고향마을이 곧 사람이 살

이선우 수필집

지 않는 마을로 변모할 것 같은 위기감이 느껴진다.

  사진 속의 농바위는 여전히 그 모습으로 서있는데 그 옛
날 같이 놀던 친구들은 모두 어디로 갔는가. 농바위에서
뛰어놓던 내 유년의 발자취는 어디쯤에 머물러 있는 걸까.
사진 속의 바위들을 하나 하나 짚어나가면서 나의 흔적들
을 찾아본다.

  그때 여름 한낮 가끔씩 들러 한잠 자고 일어나 다시 논
으로 들어가던 아저씨들이 하얀 노인들이 되어 농바위에
앉아서 세월을 낚고 있을 뿐이었다.

(2000. 9.)

3
빛깔

아버지와 단감나무

　R선생이 홍시를 한 바구니 담아오셨다. 어찌나 탐스럽게 잘 익었는지 선홍빛 과육이 손만 대도 터질 것 같다. 군침이 절로 돌아 얼른 하나를 집어 반으로 쪼개니 달콤한 향내가 가득 풍긴다.

　옛분들은 홍시를 보면서 아니 계신 부모님을 그리워하였다. 나에게는 홍시를 즐기는 어머니가 계시니 아직은 다행이다.

　요즘 시판되는 감은 거의가 단감이고 홍시는 겨울에나 보게 되는 것 같다. 우리 고향에는 집집마다 감나무가 있었다. 그 중에서도 우리 집 감나무가 동네에서 제일 많았고 맛도 좋고 열매도 굵었다.

　동네의 감나무들은 거의가 땡감나무여서 일찍 홍시가 된
것을 빼고는 서리가 내린 다음에 따서 한 접쯤은 당원(糖
原)과 소금을 넣고 우려서 먹었다. 일부는 시장에 내다팔
고 큰항아리에 쟁여놓으면 겨울에는 홍시가 된다. 긴긴 겨
울밤 온가족이 둘러앉아 홍시를 꺼내 먹었다.

　우리 집 뒤는 야산이었다. 부모님은 그 야산을 개간하여
계단밭을 만들어 감자, 고구마, 조 등을 심었고 집 가까운
밭에는 감나무를 심었다. 커다란 10여 그루의 감나무가 일
정한 간격으로 심겨져 있어 봄이면 뒷마당은 물론 앞마당
까지 감꽃이 날아와 좌악 떨어져 있었다. 우리는 감꽃을
주워 소꿉놀이도 하고 풀잎에 꿰어 목걸이도 만들며 놀았
다.

　감꽃이 이운 자리에는 소녀의 유두(乳頭)만한 열매가 조
롱조롱 맺힌다. 여름방학이 가까워 오면 알이 제법 굵어졌
다. 아침 일찍 일어나 떨어진 감을 주워오면 어머니는 작
은 단지에 우려놓고는 입에 넣어주곤 하셨다.

　우리 집 감나무는 모두 땡감나무였고 제일 어린 나무가
한 그루만이 단감나무였다. 어느 해 고욤나무에 새움이 틔
웠는데 그것을 아버지가 옮겨 심었다. 그것을 이태 정도
키우더니 어느 날 아버지가 어린 고욤나무 가지에 홈을 팠

아버지와 단감나무

다. 그 자리에 엇비스듬한 나무토막 하나를 대고 헝겊으로
묶어놓았는데 신기하게도 그것이 단감나무가 되었다. 그게
3년쯤 자라니 제법 수형이 갖춰졌다.

아버지는 단감나무 앞에 서있기를 좋아했다. 그런데 단
감나무에 처음 꽃이 피고 감꽃이 채 지지도 않은 어느 날
아침, 아버지께서 갑자기 돌아가셨다.

그 단감나무에 꽃이 지고 얼마 후 살펴보니 열매가 예닐
곱개 달렸다. 어머니와 나, 두 동생이 아침저녁으로 아니
계신 아버지께 문안인사를 올리듯 단감나무를 찾았다.

여름방학이었는데 어느 날밤 태풍이 몰아쳤다. 금방이라
도 세상을 요절낼 듯 불어대는 바람소리를 들으며 단감나
무 열매만을 걱정하였다. 아침에 단감나무에게로 달려갔
다. 세 개가 떨어지고 네 개만이 겨우 남아 있었다.

남은 열매마저 어떻게 되는 게 아닌가 늘 염려스러웠지
만 아기 주먹만하던 감이 어느 날 보니 내 주먹만해지고
그러고도 사뭇 몸을 불리는 게 기특했다. 우리는 혹 사람
들 눈에 뜨일까봐 열매를 나뭇잎으로 가려놓았다.

개학이 되고 이미 다른 감들은 빨갛게 익었다. 단감은
늦되는지 그제야 초록빛이 엷어지며 속에서부터 노르스름
한 빛깔이 번지기 시작하였다. 땡감보다 두 배나 컸고 잘

이선우 수필집

생겼다. 이제는 나뭇잎으로 숨겨놓을 수 없을 만큼 커져서 누가 탐을 낼까 염려되어 더 자주 안부를 살폈다.

어느 날 아침, 단감 하나가 땅에 떨어져 있었다. 내가 들고온 감을 받아든 어머니의 눈빛이 흔들렸다. 그 날 밤 호롱불 밑에서 우리 네 식구가 네 쪽으로 쪼개어 나눠먹었다. 단감은 생전 처음 맛보는 것이었다. 어머니가 아직 맛이 덜 들었다는데도 사각사각 씹히는 맛이 참 좋았다.

가을이 깊어지고 어머니는 땡감들을 모두 수확하여 감장수에게 넘기기도 하고 큰 항아리에도 가득 쟁여놓았다. 그런데 단감나무만은 그대로 두셨다.

나뭇잎을 다 떨군 단감나무에는 선명한 선홍빛 감 세 개가 해처럼 달처럼 매달려 있었다. 그 날 아침도 여전히 감의 안부를 살피면서 왠지 모를 불안감이 밀려왔다. 그래서 어머니께 언제 단감을 따실 거냐고 여쭈었다.

"오늘 너희들 학교 갔다오면 다같이 가마니 들고 가서 따자."

"왜 가마니를 들고 가서 따요? 감이 세 개뿐인데?"

"첫 열매는 다음 해 많이 맺으라고 가마니에 따 담는 거란다."

우리 자매들은 방과 후 단감을 수확할 생각에 신이 났

아버지와 단감나무

다. 학교가 끝나고 곧장 집으로 돌아왔는데 기막힌 일이
벌어져 있었다.

집 앞 논은 이웃동네 사람이 농사를 지었는데 그 날 벼
를 베었다. 일꾼 하나가 우리 단감나무에 손을 댄 것이다.

나는 여태껏 그렇듯 무서운 어머니 얼굴을 뵌 적이 없
다. 논으로 달려간 어머니가 벼를 베고 있는 일꾼의 멱살
을 움켜쥐고 감 내놓으라며 악을 썼다. 어머니는 거의 실
성한 사람 같았다.

점심식사 후 장난기로 대수롭잖게 생각하고 감서리를 했
는데 뜻밖의 봉변을 당한 그들은 "뭐 감 두어 개 따먹었다
고 이 야단이냐. 감값 물어주면 될 것 아니냐"고 했다.

벌어진 소란에 동네 사람들이 몰려왔다. 동네 아주머니
한 분이 나섰다.

"그래 이 감이 네 놈들 눈에는 그냥 감으로 보이더냐.
이 감은 선우네 아버지나 마찬가지여. 이 나쁜 놈들아."

동네 사람들이, 우리가 이 단감나무에 쏟는 정성에 함부
로 손을 대지 않았음을 그 아주머니를 통해서 알게 되었
다.

그 날 어머니와 우리 자매들은 남은 단감 하나를 수확하
여 가마니에 담았다. 등잔불 밑에서 어머니는 전에 했던

이선우 수필집

것처럼 감을 네 쪽 내어 우리에게 하나씩 건네주었다. 우
리도 아무 말 없이 한 쪽씩 받아서는 입에 넣었다. 그런데
전에 맛이 덜든 단감을 먹을 때는 그렇듯 맛이 좋았는데
땡감보다 더 맛이 없었다.

(1999. 12.)

늦둥이와 민들레꽃

보채는 아이를 업고 아파트 뒤뜰을 서성이다가 잡초 속에서 민들레꽃 한 송이를 발견하였다. 초록무더기 속에서 민들레의 노란 꽃잎은 형광물질을 띤 것처럼 눈이 부시다. 흔하디 흔한 들꽃이지만 철 지난 후에 보는 것이라 경이롭다.

지금은 늦가을이다. 이 땅의 민들레라면 이른봄에 일제히 꽃으로 서 있다가 이미 씨를 날려보내고 이제는 땅속에서 내년 봄을 기다리고 있을 터이다.

새삼 꽃을 찬찬히 들여다본다. 십원짜리 동전 만한 둥근 꽃판을 이루기 위해 수많은 꽃잎들이 강강수월래를 하듯 빙 둘러 손잡고 두 겹 세 겹 원을 그리고 있다. 꽃판이 작

이선우 수필집

은 것이 마음에 걸리긴 하지만 생기 있는 노란 빛깔에서 역동감을 느낀다. 그런데 땅바닥에 엎드려 있는 이파리를 보는 순간, 오소소 한기가 느껴졌다. 식물도 해산의 진통을 하는 것일까.

꽃대를 뽑아 올려서 꽃을 피워내기까지 얼마나 안간힘을 썼는지 새파래야 할 이파리가 해산한 여인의 푸석한 얼굴처럼 윤기를 잃은 채 보라색을 띠고 있었다. 이렇듯 기진해진 몸으로 꽃잎이 하얀 씨방이 되어 미지의 세계로 날아갈 때까지 버텨낼 수 있을까 염려가 되었다. 어쩌다가 온종일 볕도 들지 않는 척박한 돌짝밭에 뿌리를 내려서 이 고생을 하나 싶으며 연민의 정이 뭉클 솟아난다.

겨울이 유난히 오래 머무는 아파트 응달에서 뒤늦게 꽃 피운 민들레가, 철없는 어미 때문에 늦둥이로 태어나느라고 어려움이 많았던 등에 업힌 내 딸아이와 처지가 닮은 것 같다.

근무하는 사무실에 이따금 들르시는 S선생은 "아이가 잘 크느냐"고 아이 안부를 묻고는 "늙은 엄마라서 아이가 고생이야"라며 후렴을 꼭 붙인다. 늙었다는 말이 듣기 싫고 서운하였으나 시간이 지날수록 그 말씀 속에 담긴 뼈 있는 꾸지람을 감지한다.

딸아이와 나는, 결혼하기도 전에 이미 하나님께서 모녀 연(緣)을 지어 놓으셨으리라. 서른을 훨씬 넘기고도 결혼하지 않고 딴청만 부리는 나를 S선생 뿐만 아니라 하나님 역시 못마땅하셨던 것이다.

키가 작아도 커도, 성격이 소심해서도 대범해서도 안되며, 경제력과 학력 또한 나보다는 높게 설정해놓고 배우자 선택에 까탈부리며 시건방을 떨었다. 더 이상 두고 볼 수 없으신 그분께서 나를 눈 멀게 하신 걸까. 남편과 만난 지 3개월만에 덜컥 결혼하고 보니 지극히 평범한 남자를 그때는 그렇듯 이상형으로 느껴졌는지 실소한다.

결혼을 하자마자 바로 임신이 되었다. 많은 나이를 의식하여 동네 산부인과 의원보다는 직장에서 가까운 B대학병원에서 진료를 받았다. 담당의사는 임산부가 워낙 고령(?)이고 혈압마저 높다며 정기검진을 자주 받도록 하였다. 일주일에 한번씩 병원에 다녔지만, 6개월부터는 오르는 혈압 때문에 내과 진료까지 받으며 혈압약을 복용하였다.

그 날도 나는 평시와 다름없이 출근하는 길에 예약된 병원부터 들렀다. 혈압을 재던 의사가 당장 입원수속을 하라고 하였다. 이렇게 혈압이 올랐는데도 응급실을 찾지 않았다며 쓰러지면 그대로 태아와 임산부의 생명은 끝이라며

이선우 수필집

무지함을 나무랐다. 그렇게 입원하여 남들은 10개월만에 낳는 아이를 나는 7개월만에 1kg의 미숙아로 낳았다.

여자는 아이를 낳아야만 비로소 어른이라는 말을 흘려들었는데 이제는 어렴풋하게나마 그 의미를 알 것 같다. 아이를 통해 내다본 세상은 변해 있었다. 세상이 변한 게 아니고 어미의 눈이 떠졌다는 말이 옳을 것 같다. 안개 속 같던 세상사가 어떻게, 무엇을 책임져야 하는지가 명징(明澄)하게 드러났다.

내 나이가 육십이 되면 딸아이는 겨우 스물두 살, 일찍 결혼한 동창 중에는 군대간 아들을 둔 친구도 있는데 우리 아이는 채 돌도 되지 않았으니….

딸아이와 내 나이를 비교해보면서 나는, 덧없이 보낸 세월이 안타깝고, 얼마가 될지 모를 남은 시간이 소중하다. 지금부터라도 몸을 추스려 건강을 되찾아야겠다는 의무감 같은 게 생기며 하나님께 건강하고 오래 살게 해달라고 기도한다.

출퇴근을 하려면 압구정을 지나친다. 전동차가 압구정 역을 스치고 한강을 건널 때면 조선시대 일세를 풍미한 한 명회가 떠오른다. 딸아이처럼 그도 칠삭둥이로 태어났지만, 지략으로써 세조를 왕위에 오르게 하는 등 성종 대까지 권세를 쥐고 역사까지 바꾸어 놓은 인물이다.

나는 딸아이가, 한명회처럼 특별한 삶을 살기를 결코 바라지 않는다. 다만 몸이 실팍하지도 매사에 야무지지도 않은 어미만은 닮지 않아서 사회의 건강한 일원으로 제몫을 감당하는 보통 아이로 자라주기를 염원할 따름이다.

보통사람이 누리는 행복이야말로 참된 행복이라는 평범한 진리를 나는 모진 아픔을 겪고 난 후에 터득하였으니 나는 또 정신적 지진아이다.

척박한 환경에서도 종족보존이라는 소임을 다하는 게 민들레의 속성이라고 한다. 이 민들레가 응달에 뿌리를 내려 뒤늦게 꽃을 피웠지만 튼실한 씨가 여물 때까지 잘 견디어 내리라는 믿음이 선다. 잘 여문 씨앗들이 하얀 솜털을 달고 멀리멀리 날아가서 양지바른 곳에 터를 잡아서 내년에는 보통의 민들레처럼 앞서지도 뒤지지도 않는 제철에 꽃으로 만날 수 있기를 소망한다.

한여름의 열기가 아직은 남아 있는 아파트 뒤뜰에서 늦둥이인 딸아이와 민들레에게 격려의 박수를 보낸다.

(1996. 1.)

쌀쌀한 여인

적(敵)의 동향을 망원경으로 살피던 군인이, 한 적군에게 시선을 고정시켰는데 적군은 기도(祈禱) 중이었다. 그는 적군을 사살하여야 했는데 끝내 방아쇠를 당길 수가 없었다고 한다.

입시철이 다가오면 어머니들은 교회나 사찰을 찾아서 자녀의 합격을 기원한다. 한겨울 여명을 가르며 교회에 나가 새벽기도를 드리고, 사찰을 찾아 부처님께 무릎이 닳도록 절을 올린다. 지성(至誠)이면 감천(感天)이라고 그런 어머니들의 정성은 하늘을 녹이고도 남을 것이라는 생각이 든다. 나도 때때로 감당 못할 큰일에 부닥치면 인간의 나약함을 절감하며 신(神)에게 의지하여 기도를 드린다.

내가 임신중독증으로 병원에 입원하였을 때 일이다. 남편이 일방적으로 한 여인에게 질책을 당하고 있었다. 나는 응급실도 아닌 분만실에서 투병하고 있었는데 분만실은 통상적으로 의사를 제외하고는 남자 출입금지 구역이다. 나를 간병하던 남편이 분만실 화장실에서 담배를 피웠대서 톤이 높은 여인에게 주의를 받고 있었다. 화장실에서 담배를 피운 남편의 행위가 정당할 수는 없다. 하지만 자유롭게 드나들 수 없는 곳이기에 골초인 남편은 끽연의 어려움이 컸을 것이었다. 그의 입장은 무시되고 여인의 목소리만 사뭇 높았다.

병실에 들어온 남편은 수치심으로 얼굴이 벌겋다. 그러나 나에게는 애써 표정을 감추고 상냥함으로 위장하는 그가 느껍다.

남편을 질책했던 여인은 목소리로 보아 내가 입실한 분만실에 들어와서 쓰레기를 치우는 등 잡일을 하는 여인이다. 그녀는 남편에게도 침구를 보이지 않는 곳에 넣어놓으라, 쓰레기통을 비우지 않았다는 등 잔소리가 많아서 밉상이었다. 그 후로도 나의 투병생활은 계속 되었고 그녀와 남편과는 여전히 삐걱거렸다.

나는 정기진료를 받으러 왔다가 높은 혈압 때문에 급작

이선우 수필집

스레 입원하고는 내내 수면상태인 것 같기도 하고 깨어있는 것 같기도 한 몽롱한 상태가 계속되었다. 상승하는 혈압과 대치하고 있는 중환자임에도 그녀와 남편의 감정 대립에 신경이 쓰였다. 내 배에는 태아 건강을 체크하는 고무호스가 둘러져 있었고, 팔에는 포도당 링거와 자동으로 혈압과 체온을 체크하는 기계장치가 붙어있어서 움직일 수조차 없이 누워만 있었다.

어느 날, 병실에 긴장감과 부산한 분위기에 휩싸이고 있음이 감지되었다. 남편이 불려나가고 다시 들어온 그가 밝은 목소리로 그 날 제왕절개 수술을 한다고 했다.

간호사가 들어와 몸에 면도를 하고 옷을 갈아 입혔다. 그런데 밉상인 그녀가 나를 이동식 침대로 옮기고는 수술하기에 앞서 필요한 X-레이 등 몇 가지 사진촬영을 한다면서 병실을 나서는 것이었다. 남편은 어디로 가고 그녀가 나의 보호자가 되어 침대차를 밀고 다녔다. 이 절박한 순간에 하필 그녀에게 몸을 맡기게 된 것이 더 마음이 쓰였으며 과연 내가 다시 살 수 있을까 불안하였다.

입원하면서 이미 나는 내 상태가 심각하다는 걸 알았었다. 그래서 최악의 상황이 될 경우를 대비하여 조카에게 유언(?)도 해놓았다. 사진촬영을 하는 동안 이대로 끝인가 싶으며 쿵쾅쿵쾅 심장이 뛰었다.

이윽고 그녀는 나를 수술실로 밀고 들어갔다. 조금 전 엘리베이터 안에서는 이불을 올려 덮어주며 뛰는 가슴을 토닥토닥 다독여주기도 했다. 그런데 그녀가 나를 수술팀에게 넘기기 직전, 내 얼굴에 두 손을 얹고 잠시 가만히 서있었다. 순간 그녀가 기도를 하고 있다는 게 느껴졌다. 아, 그녀의 손길이 어머니의 사랑처럼 느껴졌다. 비로소 마음의 평안이 오는 게 아닌가.

누구를 위해 기도하는 이는 거룩하고 아름다운 사람이다. 나는 병실에서 주로 눈을 감고 있었기에 그녀의 얼굴조차 모른다. 그녀는 분명 마음이 고운 여인일 것이다.

수술 후 회복실로 옮겨지고 의식을 회복한 후 맨 먼저 나는 그녀에게 감사하였다. 그동안 그녀를 미워했던 자신이 부끄러웠다. 생사의 갈림길, 위기 앞에 선 가여운 나의 영혼을 위한 그녀의 기도가 없었더라면 과연 내가 회생할 수 있었을까.

지난번에 그녀가 남편에게 심하게 대했던 것도 되돌아보니 온당한 것이었다. 분만실은 아기가 처음 세상을 대하는 공간이므로 무엇보다 청결이 우선인 곳이다. 그래서 면회도 자유롭지 않고 면회자도 소독된 가운을 걸치고 무균실

이선우 수필집

을 통과하여 들어온다. 그런 곳에서 담배를 피웠으니 남편
의 생각이 짧았던 것이다. 그녀가 자기 소임에 최선을 다
하느라 생긴 마찰인데 반성은커녕 그녀만 미워하였던 것이
다. 급박하게 돌아가는 병원에서 자칫 기계적일 수 있음에
도 산모와 아기를 위해 최선을 다하며 환자를 위해 기도하
는 그녀가 숭고하다.

　나도 때때로 기도를 한다. 그러나 내가 기원하는 것은
내 사업 잘되고 우리 가족 건강, 남편의 사업 등 이기적인
내용뿐이다. 그녀처럼 다른 이를 위한 이타적(利他的)인 기
도를 드리지 못하는 내가 부끄럽다.

(1995.)

나의 빛

양재역에서 버스를 내린 나는 지하철로 갈아타려고 빠른 걸음을 옮기고 있었다. 그때 하얀 가운을 걸친 여인이 "아가씨, 헌혈하세요" 한다. '와! 나보고 아가씨' 순간 기분이 싫지 않았는데 나와 눈이 마주친 그녀가 아부(?)가 너무 심했다 싶었던지 참지 못하고 하하 웃는다.

'헌혈' 이야기만 나오면 우리 친척들은 남편 이야기를 한다.

제왕절개 수술 후 나는 상태가 위독하여 수혈이 절박했다. 그런데 의사들의 권유에도 불구하고 남편이 한사코 병원이 보유한 피는 믿을 수 없다고 수혈을 거부하였다. 얼마 전에 수혈 때문에 에이즈에 걸린 여인의 사연이 매스컴

이선우 수필집

에 보도되었기 때문이었다.

내가 수술을 받는 동안 남편은 내 친정식구들과 시댁의 A형 식구들을 모두 병원으로 모이라고 했다. 그래서 시댁에서 둘, 친정에서 다섯, 총 일곱 명이 모였다.

우선 건장한 시아주버님과 시동생에게서 채혈하여 혈액검사를 했는데 시아주버님은 약주를 한 잔 걸쳐서 실격되고 시동생은 약을 복용하여 실격, 여동생은 체중미달, 막내동생은 혈압이 높아서, 조카딸은 헤모글로빈 수치가 낮아서, 다른 조카딸은 O형이었고, AB형인데도 혹시나 하여 검사를 한 조카딸은 바쁜데 장난하냐며 싫은 소리를 들었다 한다. 일곱 명 모두가 실격이었다.

나는 수술은 했지만 7개월짜리 아기가 어찌 될 것인지, 또 건강은 되찾을 수 있을지 둘다 확실한 게 없었다. 수술 전에 일반 병실로 보내질 예정이었으나 상태가 좋지 않아 다시 분만실로 되돌아왔다.

수술 후유증인지, 아니면 제때 수혈을 받지 못해서 그런지 나는 잠깐씩 의식이 돌아오긴 했으나 비몽사몽이었다. 어디선가 음습하고 기분 나쁜 '낄낄'거리는 듯한 소리들이 모였다 흩어지곤 하며 나를 괴롭혔다. 도리질을 치며 애써 정신을 수습했다가도 다시 깊은 늪 속으로 빠져들 듯 잠이

들곤 하였다.

어느 순간, 사람의 목소리가 아득하게 들려왔다. 나를 둘러싸고 남편과 두어 명의 여자 목소리가 들렸다. 간호사인 듯했다. 주사바늘로 팔뚝을 따끔따끔 찔러댔는데 아프다기보다는 오히려 시원하였다. "됐다. 이제 성공했네"는 소리는 혈관을 찾았다는 것 같았다. 나는 속으로 내 핏줄이 얼마나 선명한데 그걸 못 찾나 생각하며 또다시 잠속으로 빠져들었다.

이튿날 아침, 담당의사가 "그렇게 많은 사람들 중에 한 사람도 적격자가 없었어요? 큰일이에요. 빨리 수혈을 해줘야 하는데…"라며 걱정하였다. 남편은 며칠 전에 제대한 처조카가 오기로 했다면서 조금만 기다려 달라고 했다.

지난밤 내 혈관을 찾지 못하여 애를 쓰던 사람들 생각이 나서 팔뚝을 바라보았다. 내 팔이 허벅지만큼이나 퉁퉁 부어 있었다.

정오 무렵 조카가 왔다. 우리 부모님의 피를 서로 공유하였을 친정조카와 나의 혈액은 모든 면에서 일치가 되었다면서 남편이 좋아했다. 조카의 혈액을 최대량 뽑았다고 한다. 바로 수혈은 안되고 일단 조카의 피를 냉동시킨 후 수혈한다고 했다.

이선우 수필집

오후쯤 링거 옆에 또 하나의 주머니가 매달렸다. 얼마의 시간이 흘렀는지 모른다. 햇살도 들지 않는 병실이기에 지금 몇 시가 되었는지 알 수가 없었다. 자다 깨다를 반복할 뿐이었다. 그런데 어느 순간 갑자기 몸이 날아갈 듯 가뿐해졌다. 눈을 뜨고 팔을 들어보니 아까보다 훨씬 줄어든 것 같았다.

남편이 자고 있는 것으로 보아 새벽쯤인 것 같았다. 분만실에는 보호자석이 없어서 남편은 한겨울인데도 담요 두 장으로 콘크리트바닥에서 잠을 잤다. 그가 깰 때까지 기다릴까 했으나 날아갈 것 같은 기분을 참지 못해 기어이 깨웠다.

십여 일 동안 나는 생사의 혼미함 속을 헤매었는데 방금 삶쪽으로 선을 넘었다는 확신이 들었다. 조카의 피가 밤새도록 내 혈관을 타고 들어와 혈기(血氣)를 불어 넣어주었던 것일까. 몸에 생기가 돌고 힘이 솟았다. 계속해서 소변으로 몸속의 독소가 빠져나가고 이틀 후에는 얼굴에 핏기가 돈다고 하였다.

수술 부위를 소독해주던 간호사가 "지금 병원에서 이선우씨가 화제의 주인공이에요. 드라마틱한 회복을 한다구요" 하면서 웃었다.

피는 물보다 진하다고 한다. 인위적으로 끊을 수 없는 게 혈연(血緣)이며 천륜이라고 한다. 생사의 기로에서 조카가 나누어준 피로 회생하는 힘을 얻었다. 채혈을 하고 집으로 돌아가던 조카는 현기증을 일으킬 정도로 이모에게 많은 피를 주었던 것이다. 그래서 그런지 그 조카는 나에게 더 각별하지만 이모로서 해준 게 없어 늘 미안하다.

우리나라 병원의 보유 혈액은 대부분 헌혈에 의지한다. 그래서 혈액이 절대적으로 부족하여 외국에서 수입한다고 한다. TV에서 속보로 RH형 피를 찾는 것을 대하면 한 생명이 바람 앞에 선 촛불만 같아 안타깝다.

아침에 양재역에서 헌혈을 하라고 권유받을 때 선뜻 응하지 못한 게 마음에 걸린다. '아가씨'라는 분에 넘치는 찬사를 받고도 보답을 못한 게 빚으로 남는다.

(1998. 3.)

想을 짓고는

불교에 신심이 깊은 친구가 있다. 그 친구의 주선으로 망초꽃이 지천이던 지난해 초여름, 문우 네 명이 충청도 깊은 산 속 꽃밭골이라는 이름이 예쁜 산사에서 하룻밤을 보냈다.

그때 우리는 승용차 안에서 느닷없이 찾아온 병마(病魔)에 속수무책 손도 못쓰고 돌아가신 분에 대하여 이야기를 나누고 있었다. 참으로 알 수 없는 게 사람의 일이었다. 그분은 의학계에서 권위 있는 간암 전문의(專門醫)였음에도 불구하고 바로 그 간암으로 생을 마감하였던 것이다.

돌아가신 분을 두고 우리들은 어째서 손도 못쓸 정도로 자신의 건강을 몰랐던 걸까 의구심을 보였다. 그때 그 친구가 "상(想)을 짓지 마라. 그게 해가 되고 병이 된다"는 말씀을 어느 스님에게서 들었다면서 그분은 자고 깨면 대하는 게 간암환자들이었을 것이다. 자연 간암이라는 상(想)이 온통 그분을 지배하였을 것이니 그 병에 걸린 게 아니었겠느냐 했다. 친구의 말이 그럴 듯하였다. 그러고 보니 위암 전문의가 위암으로, 뇌종양 전문의가 그 뇌종양으로 세상을 뜬 분들이 있지 않던가.

그래서 일행은 그래 마음을 비우자, 좋고 예쁜 것으로 눈을 채우고, 밝고 긍정적인 것만 생각하고, 아름다운 소리만을 들으면서 건강하게 살자고 의견을 모았다.

설을 쇠고 며칠 후 어머니에게 갑자기 혈전증이 왔다. 한방에서는 풍(風)이라 하는데 어느 날 아침 왼쪽 부위에 마비증세가 나타났다. 발병하고 하루를 동네 한의원에서 침을 맞으며 차도있기를 기대했으나 점점 더 증세가 심해지는 것이었다. 이튿날 급히 종합병원에 모시고 가니 의사의 꾸중이 대단하였다.

어찌 이리 무식하냐며 바로 모시고 왔으면 바로 회복할 수도 있는 것을 1차시기는 놓쳤다고 하였다. 그나마 다행인 것은 CT촬영결과 뇌중에서 가장 신경이 둔감한 부위에 혈전증이 와서 다소 희망적이었다.

이선우 수필집

어머니는 종합병원에 입원하여 치료를 받았고 퇴원 후에도 한의원에서 침을 맞고, 약을 들고 계셔서 처음보다는 많이 회복이 되었다.

그동안 어머니는 건강만은 자신할 정도로 잔병이 없으셨다. 그런 어머니를 지켜보면서 나도 어머니처럼 갑자기 풍이 오는 게 아닐까. 지금은 2,3십대에서도 풍을 맞는다는 데 혈압약까지 복용하는 나에게 곧 뭔가가 들이닥칠 것 같은 불안감에 떨었다. 이따금 편두통으로 절절 매니 어쩌면 뇌종양일지도 모른다는 우려가 떠나지 않았다.

또 하나 자신 없는 부위가 있었다. 위였다. 공복(空腹)에 음식을 먹으면 위가 쓰려서 고통을 받곤 하였다. 어쩌면 위암은 많이 진행된 것인지도 모른다. 또 일년에 두 번은 해야하는 부인암 검사를 몇 년 동안 하지 않았으니 어쩌면 그쪽도 수상하다는 생각까지 내달았다.

나는 두려움으로 잠까지 설치는 날이 많아졌다. 새벽에 문득 눈이 떠지면 딸아이의 얼굴을 쓰다듬으며 '이 아이는 이제 겨우 아홉 살인데, 어린것을 어찌 하라고 몹쓸 병에 걸렸단 말인가' 심란하였다.

병원에 가서 종합진단을 받아서 속시원히 밝혀보고도 싶었으나 한편으론 사실을 안다는 게 두렵고 겁이 났다. 봄

想을 짓고는

부터 여름까지 너더댓 달을 혼자 고민하며 끙끙 앓았다. 점점 머리는 더 아프고 소화마저 되지 않았다. 아무래도 총체적으로 병이 한꺼번에 몰려왔는가 싶었다.

딸아이를 위해서 더 이상 미뤄서는 안 된다. 암에 걸렸으면 수술하면 되고, 손쓸 수 없으면 주변정리나 해야겠다는 결심으로 대학병원 간호사로 있는 친구와 전화로 의논하였다. 친구는 일주일 후에 날짜를 잡아놓을 테니 검진 받으러 오라고 했다.

그 일주일이 얼마나 소중하고 길었는지 모른다. 식구들을 보면 그동안 잘해주지 못한 게 마음에 걸리고 애틋하게 여겨졌다. 무엇보다도 딸애가 그지없이 가련하고 불쌍하여 속으로 울음을 삼켰다.

일주일 후, 우선 내시경으로 위를 검사하였다. 바로 결과가 나왔는데 위 표면에 약간의 염증이 있을 뿐 아주 건강하다고 한다. 이상이 없다는 게 오히려 더 미심쩍어지며 며칠 후에 나온다는 CT촬영, 부인암 조직검사 결과를 초조하게 기다렸다.

"얘, 너 엄살이 너무 심한 것 아니니?"라며 며칠 후 친구가 전화를 걸어왔다. 둘다 말짱하니 안심하라는 말 한마디에 그동안의 염려가 거짓말처럼 순식간에 날아갔다.

이선우 수필집

　그러면서 지난해 꽃밭골에 가면서 상(想)을 짓지 말라던 친구의 말이 생각났다. 마음속에 허상(虛像)을 지어놓고 나를 그쪽으로 몰아가서 몇 달간 마음의 병을 얻은 것이었다.

　그동안 어머니에게 닥친 병환(病患)에 같이 아파하며 위로는 못해드리고 상(想)을 짓고 근심까지 얻어서 하마터면 큰 병까지 얻을 뻔한 나의 소행(所行)에 내가 실소하였다.

(2002. 7.)

나의 변명

감기가 좀체 차도가 없어 직장 근처 약국에 들렀다. 초로의 약사는 조제하기 앞서 내 나이를 물었다. 서른여덟이라는 나이가 많다는 생각에 서른일곱이라 대답하였다. 그런데 약사가 의아한 표정으로 재차 물었다. 심약한 나는 이분이 내 나이를 눈치 챘구나 싶어서 '서른여덟'이라고 정정하여 대답하였다. 약사는 눈이 동그래져서 '스물여덟'이 아니고 '서른여덟'이냐고 왜 그리 젊게 보이냐고 듣기 좋은 말을 해주었다.

어렸을 때 언니들이 모여 수다를 떠는 것을 보면서 갑자기 나이 먹은 여자는 보기 싫다는 생각이 들었었다. 삼,사십 대에 접어든 언니들은 살이 찌고 몸매가 흐트러져서 볼

이선우 수필집

품 없이 늙어가고 있었다. 퍼질러앉아 나누는 대화가 고작 남편이야기, 자식 자랑에 열을 올렸다. 절약하는 게 몸에 배어 변변한 옷 한 벌이 없는 그들이 가여웠다.

그런 언니들을 보면서 결혼한 여자에게는 자기 삶이 없다는 생각을 했다. 윤기를 잃은 푸석한 얼굴로 자식 입맛과 까탈스런 남편의 식성에 맞춰 저녁준비를 하는·여자들이 한심하게 여겨졌다고나 할까. 그래서 나는 시집은 가능한한 늦게 가자, 여자가 시집가면 인생은 끝이다. 더 비약시켜서 여자가 나이 사십을 넘기면 너무 추하다. 사십 살까지만 살고 싶다며 시건방을 떨었다.

어느 해 늦가을, 문득 나를 돌아보니 서른이 넘으면 살 재미가 없겠다던 게 엊그제 같은데 그 이십 대가 훌쩍 지나가고 있었다. 스물아홉, 이십 대의 마지막 가을을 보내는 비원 앞에서 나는 비감(悲感)에 젖어 눈물을 떨구었다.

삼십 대에 들어서서 나는 가장 눈부신(?) 활약을 한 시기였다. 직장에서 한 부서를 책임지는 장(長)으로서 비로소 일하는 기쁨, 성취감 같은 걸 느꼈다. 그러고 보니 삼십 대는 이십 대의 시행착오를 거쳐 완숙을 지향하며 의욕적으로 자기를 가꾸는 시기였다.

마흔이 다 되어 결혼할 당시만 해도 나는 아이를 낳지

못할 줄 알았다. 내 자매들은 모두 이십 대에 결혼하여 삼십 초에 자녀 출산을 모두 마쳤다. 그런 만큼 늦둥이를 보는 사람들이 주위에 없었다. 그런데 나는 허니문 베이비를 잉태하였다.

아이를 임신하였을 때 나는 무척 당혹스러웠다. 딸아이에게 미안하기 그지없는 말이지만 솔직히 너무 노산(老産)이어서 건강한 아이를 순산할 자신이 없었기에 아이가 부담스러웠다는 게 맞는 말이다. 그래서 그랬을까. 나는 임신 초기부터 임신중독증세를 보였다.

임신중독증, 유전자지도를 밝혀내는 현대의학으로도 아직 뚜렷한 원인이 밝혀진 게 없다. 다만 보통의 임산부는 태아를 보호하는데 반해 임신중독증을 앓는 임산부는 모체가 태아를 거부하는 '나쁜 엄마'라고 한다. 어찌하든 살려는 태아와 모체와의 트러블이 임산부의 혈압을 상승시키는 것 같다는 견해가 있다고 한다.

심한 임신중독증에도 아이를 살려보려는 의료진들 덕으로 딸아이가 비록 저체중이었지만 무사히 세상에 나올 수 있었다.

여자는 두 번 태어나는 것 같다. 내 아이가 출생함과 동시에 어머니로 다시 태어나는 것이다. 한 아이의 어머니가 된다는 건 또 하나의 우주를 갖는 것과 비견될 것도 같다. 아기와 처음 만나고 나서 내가 처음 한 것은 하나님께 나의 건방짐에 대한 용서를 구하는 기도였다.

"하나님, 예전에 사십까지만 살고 싶다는 생각을 취소합니다. 될 수 있는 한 건강하고 오래 살게 해주세요. 그래야만 할 절실한 이유가 저에게는 있습니다."

여자는 삼십 세 이후에는 여자로서의 생명이 끝나고 다만 삶만이 남아있을 뿐이라는 예상은 확실히 섣부른 판단이었음을 살면서 체득한다. 이십 대는 열정은 있으나 미숙함으로 시행착오를 하다가 삼십에 들어서서 비로소 일하는 기쁨과 내면의 소리에도 귀를 기울일 줄 아는 완숙을 향하여 가는 시기였음을 회상한다.

그런데 나이가 더해질수록 그만 살고 싶다는 생각보다는 더 건강하게 오래 살아야겠다는 새로운 의욕과 이유가 생긴다. 참 알다가도 모를 게 생각의 변화인 듯도 싶다.

어느 시인은 "나이를 먹는 것이 노쇠나 인간적인 기능의 약화만을 의미하는 것이 아니며 오히려 그 반대로 내면에 감추어졌던 눈을 뜨게 하는 일이며 눈이 어두워지는 게 아니라 밝아지는 일"이라며 나이 먹는 것을 긍정적으로 받아들이고 있다. 그의 말대로 쇠락해지는 육체에 관한 집착에서 벗어난다면 나이를 먹어서 좋은 것이 많음을 알게 된다. 정신적 자유함과 원숙함을 가지고 비로소 인생의 참멋을 누릴 수 있으니 말이다.

사십하고도 한참을 더 살고 있는 나는 그때의 언니들 그 모습인 '아줌마'로 살고 있지만 그게 무에 대수랴 싶은 배짱이다. 앞으로 해야 할 일이 앞에 놓여 있고 엄마로서의 막중한 책임만을 의식할 뿐이다.

그러고 보면 사십까지만 살고 싶다는 이십 대 때 생각은 육체의 집착에서 빚어진 나의 미숙한 사고였다고 하면 구차한 나의 변명이 되려나.

(1999.)

빨간 펜으로

내가 다니는 교회 건물에는 현관 입구에 편지함이 설치되어 있다. 작은 편지함마다 입주한 회사들의 상호가 쓰여 있는데 '괄리실'이라 쓰인 글자가 눈에 확 들어온다.

처음 출판사에 다니면서 교정을 익힐 무렵 나는 거리의 간판, 또는 음식점 메뉴 판에 오자가 있으면 빨간 펜으로 바로잡고 싶은 충동에 몸살이 날 지경이었다. 편지를 읽을 때도 편지 속에 담긴 내용보다는 오자부터 살피게 되고 오자가 한 자라도 발견되면 맞춤법도 모르나 싶어 편지가 시시해졌다.

홍은동에 살던 때이다. 회사에 가려면 청와대 부근을 지나쳐야 했는데 어느 때부터인지는 몰라도 한 양복점을 날마다 눈여겨보게 되었다. 부유층 동네에 자리잡아서인지 양복점 규모가 꽤 컸다. 앞면이 한 장의 통유리로 된 쇼윈도우 안에는 철따라 멋진 양복이 바뀌어 전시되었다. 그런데 통유리 밖 위쪽에 '첨단기술을 요하는 ○○양복점'이라는 슬로건이 선명하게 걸려 있어서 날마다 나를 실소(失笑)케 하였던 것이다.

나는 아침저녁으로 버스를 타고 그곳을 지나치면서 양복점 주인이 언제쯤 첨단기술을 습득하여서 손님들에게 봉사하게 되려나 궁금해지곤 했다. 10여 년을 한결같이 기다렸지만 여전히 첨단기술은 익히지 못했는지 '첨단기술을 요하는…'는 요지부동 변함 없이 걸려 있었다. 그런데 어찌어찌 양복점 주인이 자기 실수를 알아챘는지 어느 날 문장이 좀 어색하였지만 '첨단기술인 ○○양복점'으로 바뀌어서 비로소 안도하였다.

어느 여성 성악가가 음악평론가인 남자와 결혼하였다. 남편은 아내의 연주회에 늘 참석하여 미흡한 부분을 세심하게 지적하여 주었다. 결혼 초 남편의 지적은 연주에 많은 도움이 되었기에 그녀는 남편에게 고마워 하였다. 그런데 얼마 후에 그 여인은 음악을 그만 두었고 남편과도 불화가 잦아 결국 이혼하였다. 그 후 그녀는 역시 음악평론

가와 재혼하였는데 재혼한 남편은 아내에게 칭찬을 자주 하였다. 비로소 여인은 그 재능을 맘껏 발휘하게 되었고 이름을 드날리는 훌륭한 음악가가 되었다고 한다.

이것은 단순히 꾸며댄 이야기일지 모르겠으나 전에 근무하던 곳의 사장이 조회시간이면 단골로 들려주던 소재로 매사가 부정적인 나에게 시사해주는 바가 컸다.

나는 지금까지 편집자라는 직업에 별 불만 없이 살아왔다. 일할 때는 잡다한 근심 걱정을 잊을 정도로 일을 좋아한다. 그런데 가끔은 내 직업이 싫어질 때가 있다. 내 업무 중 많은 비중을 차지하는 것이 교열과 교정이다. 잘못된 문장이나 오자를 찾아내어 바로잡아 주는 일을 하다보니 나도 모르는 사이에 부정적인 성격으로 굳어진 것일까. 남편은 "매일 오자 잡아내듯 자기의 단점만 지적한다"며 불만을 토로했다. 그러고 보니 무엇을 하든, 어떤 일이 일어나든 좋은 것, 잘된 것은 그냥 넘기고 어디 잘못된 부분은 없나부터 살피는 습성이 내게 있었다.

"제 눈 속에 들보는 보지 못하고 남의 눈 속의 티끌을 탓한다"는 말이 아니더라도 내 속에 도사리고 있는 이기심과 질투, 교만과 위선 등에는 관대하면서 남편에게 빨간 펜을 들고 교정을 보듯 잘못된 곳만 찾으려 했던가 싶다.

빨간 펜으로

이혼하고 싶으면 아내에게 운전을 가르치라는 말처럼 자꾸 단점을 지적 당하면 마음을 상하게 되고 신뢰도 잃게 되는 것 같다.

그동안 빨간 펜을 들고 오자찾기에만 매달려 산 세월이었다. 그러다 보니 작품 속에 담겨진 작가의 영혼과 만나지 못하였고 행간 속에 녹아 있는 꿀 같은 단맛과 향을 놓쳐버린 것이다. 숲 속에 들어가 지저분한 쓰레기나 벌레, 나뭇잎만 보고 정작 나무와 숲의 아름다움은 감상하지 못한 꼴이었다.

빨간 펜을 들고 오자나 단점만을 찾을 일이 아닌 것 같다. 사람 사이에 녹아 있는 훈훈한 인정, 사랑, 기쁨, 웃음… 등을 찾아내어 이웃과 함께 나눈다면 나의 행복지수는 조금은 더 높아질 것이다.

(2001.)

어느 버스기사

내가 서울에서 살기 시작한 것은 70년대 말부터였는데 그동안 대중교통의 풍속도도 많이 변모하였다.

80년대 초까지만 해도 버스에는 안내양이 있어서 요금은 하차할 때 내는 후불제였다. 목적지가 가까워 오면 출입문 앞으로 나가 버스비를 계산하고, 안내양이 버스 문짝을 '땅땅' 두드리는 것으로 출발과 정지 신호를 삼았었다. 그런데 인건비가 오르고 버스 파업이 몇 번 발생하더니 안내양이 없어졌다. 대신 기사가 있는 앞문으로 승차하여 손님이 선불하게 하고 손님은 목적지가 가까워지면 벨을 누르는 제도가 정착되었다.

지금은 많이 개선되었지만 버스에 벨이 처음 장착되었을

때는 웃지 못할 정경이 많았다. 아이들이나 노인들이 벨이 신기하여 아무 때나 눌러서 기사에게 핀잔 받기도 하였고, 행동이 굼뜬 노인들은 휙휙 달리는 버스에서 기동성 있게 벨을 누르지 못하여 목적지를 놓치기도 하였다. 또 승객들 눈에 잘 띄지 않는 곳에 설치된 벨을 찾다가 목적지를 놓치고, 어느 버스에는 벨이 천장에 붙어 있어서 키가 작은 사람은 까치발을 서도 닿지 않아 애를 먹었다.

홍은동에 살 때다. 그곳에서는 출퇴근은 버스로만 가능하였다. 직장이 있는 안국동으로 가는 노선은 하나밖에 없었다. 지금은 없어졌지만 그때는 상습 정체구역을 해소하려는 의도에서 같은 번호의 버스라도 파란색과 빨간색으로 구분하여 서울 중심도로에서는 한 정류장씩 건너뛰어 서는 제도가 있었다.

홍은동 ××번 버스도 색깔에 따라 자하문을 지나서 청와대 뒷길로 우회하는 버스와, 자하터널을 곧장 통과하는 빠른 버스로 구분되어 있었다. 그런데 시내로 나가는데 유일한 노선이라는 배짱에서인지 그 버스는 배차시간이 제멋대로였다. 보통은 한정 없이 기다려야 하고 잘하면 30분만에 오기도 하는데 서너 대가 몰려다니기도 하여 승객들을 분노(?)케 하였다.

그 날도 한참을 기다려서 탄 버스는 이미 만원이었다. 세검정 상명대학이 있는 정류장에서 내려달라는 가느다란 여학생의 소리가 들렸다. 그런데 버스기사는 그냥 지나쳤다. 다음 정류장에서 여학생은 조금 큰 소리로 내려 달라고 했다. 그런데도 기사는 못들은 척 이번에도 서지 않았다. 그러자 같이 있던 손님들이 거들면서 왜 내려주지 않느냐 항의하였고 기사는 "벨을 눌러야 서지요!"라며 퉁명스럽게 내뱉았다. "벨을 눌렀는데 고장인가보다"라는 사이 그 기사는 또 정차하지 않고 우회로인 자하문 윗길로 들어섰다.

"이 사람아, 벨이 고장이야. 왜 안서는 거야." 출입문 근처에서 소동이 일어나고 비로소 차는 멈추었다. 그 학생은 네 정류장이나 지나쳤다. 그런데 더 가관인 것은 차가 고장이 나 버린 것이었다. 이제는 모든 손님들이 내려야 했다.

버스가 고장난 곳은 한 대 걸려서 오는 우회노선이라서 무작정 버스를 기다릴 수도 없는 곳이었다. 언제 올지 모르는 다음 버스를 마냥 기다릴 수 없는 승객들은 택시를 잡느라 우왕좌왕 하였고, 일부는 두 노선이 겹치는 곳까지 걸어 내려가야만 했다.

어느 버스기사

그 기사가 한 정류장 앞에서만 정차하였더라면 바쁜 출근시간에 60여 명의 승객들이 걸어가는 수고는 덜었을 것이었다. 그런데도 그 기사는 끝내 사과 한마디 없었고 벨과 차가 고장난 것에만 신경질을 부렸다. 어찌 해볼 수 없는 사람이라고나 할까. 생각할수록 불쾌하고 괘씸한 기사여서 사람의 목소리에는 반응을 못하고 벨소리에만 조건반사를 보이는 동물이었나 보다며 욕을 해주었다.

사람이 사는 곳에는 그 기사 같은 경직된 사고를 가진 사람들이 있어서 여러 사람을 고통에 빠뜨리는 것 같다. 공공기관에서 12시 땡 치면 식사시간이라며 민원인들이 몇 미터 줄을 섰든말든 문을 닫아버리는 민원실 근무자, 공과금을 내려고 한 시간 이상을 줄을 서서 기다렸는데 10만 원권 수표라서 받을 수 없다는 은행원(거스름돈이 5만 원 이상이면 안 받음)… 등이 그런 사람들일 것이다.

그런 사람들이 있는가 하면 박봉을 털어 불우아동을 돌보는 경찰관, 공원의 비둘기에게 날마다 모이를 던져주는 사람, 가뭄에 목이 타는 가로수에 물을 주는 사람, 놀이터에 떨어진 유리조각을 줍는 사람… 등 열린 사고를 가진 사람들로 인하여 얼마나 마음이 푸근해지던가. 사람들이 조금만 마음을 열고 생각을 연다면 세상은 그만큼 더 아름

이선우 수필집

답고 향기로워질 것 같다.

　오늘 아침에 버스에 올라타려는데 기사가 "안녕하세요. 어서 오세요"라며 인사를 건넨다. 얼떨결에 받은 인사라 미처 답례도 못하고 자리에 앉았다. 그는 승차하는 사람에게나 하차하는 사람들 모두에게 깍듯한 인사를 하였는데 다른 버스기사에게서 볼 수 없는 그 친절이 신선하고 반가웠다.

　생각지도 못한 인사에 승객들은 처음엔 당혹해 하다가 곧 표정들이 밝아진다. 버스 안이 훈훈한 기운으로 넘친다. 나는 친절을 선사하는 그분의 무사고를 기원하며 행복한 기분으로 버스에서 내렸다.

4
염원

이삭 떨어뜨리기

　지평선이 보이는 들녘에는 밀밭이 끝도 없이 펼쳐져 있었다. 누렇게 익은 밀밭은 바람 따라 황금빛 파도가 굽이쳐서 참으로 장관이었다. 그런데 트랙터가 나타나더니 그 황금이랑을 하나 하나 훑고 지나가면서 타작을 하였다. 알곡은 알곡대로 모아져서 한 포대씩 담겨지고 밀짚과 쭉정이는 트랙터 밑으로 떨어졌다.

　잠시 후 황금들녘은 사라지고 한바탕 전쟁을 치른 것 같은 황량한 들판만이 펼쳐졌다. 그런데 용케 살아남아 바람에 하늘하늘 흔들리는 나락 하나를 카메라가 포착하여 비쳐주었다. 이어서 "이렇게 살아남은 것은 다음 세대를 잇기 위한 신의 배려"라는 멘트가 나왔다.

언젠가 관람한 아이맥스 입체영화의 한 장면이다. 그런데 지금까지도 '다음 세대를 잇기 위한 신의 배려'라는 구절이 이따금 생각나는데 그때마다 소외되고 낙오된 것을 선택하여 종족보존을 하는 신의 섭리에 새삼 경탄하는 것이다.

초등학교 시절, 가을걷이가 끝나면 아이들은 논바닥으로 내몰려서 이삭을 주워야 했다. 아이들은 처음에는 자기 논의 이삭을 줍고 나서 다른 집 논바닥을 훑는다.

스산한 들녘엔 이미 겨울 기운이 감돌았다. 어떤 날에는 논바닥에 살얼음이 얼어있기도 했다. 그러나 친구들과 어울려 한 나락이라도 더 주우려고 뛰어다니다 보면 추위쯤은 저만치 물려가고 이마에는 땀방울이 맺혔다.

우리 동네에서는 주인이 먼저 이삭을 주운 다음에야 다른 이가 들어가는 게 불문율처럼 되어있었다. 주인이 먼저 훑고 지나갔고 이미 발빠른 이가 몇 차례 다녀간 곳이 많아서 이삭줍기는 보물찾기보다 더 어렵기도 하였다. 그런데 가끔은 후미진 곳에서 듬뿍 떨어진 이삭을 발견하는 행운을 만날 때도 있었다. 이 때의 횡재한 기분은 하늘을 날 것 같았다.

어둠이 내려앉을 때까지 논바닥을 뒤져보아야 어린 손으

이삭 떨어뜨리기

로 서너 줌의 수확을 올릴 정도였다. 그러나 집에 가져가
면 부모님의 칭찬이 기다리고 있기에 힘든 줄 모르고 뛰어
다녔다.

구약성경에는 다정한 고부가 등장한다. 이방인 땅에서
시어머니 나오미와 며느리 룻은 남편을 잃은 과부들로 서
로에게 의지한다. 그런데 극빈한 생활고(生活苦)를 견디다
못한 시어머니는 고향인 이스라엘로 돌아가기로 결심한다.
그리고는 아직도 소녀티를 채 벗지 못한 며느리가 애처로
워 친정으로 돌아가 재혼하기를 권한다.

룻은 한사코 마다하고 이스라엘까지 시어머니를 따라와
서 이삭을 주워서 생계를 꾸려간다. 그런데 어느 날 이삭
줍는 아리따운 룻을 밭주인 보아스가 발견한다. 그는 하인
들에게 그녀가 마음껏 이삭을 줍게 하는 등 호의를 베푼
다.

보아스가 며느리에게 호감을 갖고 있음을 눈치챈 시어머
니는 그 둘을 맺어줄 계책을 세운다. 깊은 밤 아무도 몰래
밭에서 노숙하는 보아스의 천막으로 룻을 들여보내고는 그
의 발밑에 눕도록 한다. 그 밤 이후 보아스는 이스라엘 전
례대로 절차를 밟아 룻을 아내로 맞이한다.

선민의식이 있는 이스라엘 사람이, 이방인이며 과부인

여인과 결혼하는 건 사건일 수밖에 없다. 그런데 룻은 성경에서 상당히 중요한 위치를 차지하는 여인이다. 그녀는 이스라엘의 위대한 왕 다윗의 증조할머니이다. 또한 그녀의 후손으로 예수의 계보까지 잇는다. 성경이지만 「룻기」에는 룻의 자태에 호감을 갖는 보아스, 시어머니 나오미의 계책 등 룻과 보아스가 사랑을 이루어가는 장면이 어느 애정소설 못지 않게 이삭줍기를 배경으로 로맨틱하게 묘사되어 있다.

성경에는 추수할 때 곡식 단을 밭에 흘렸거든 다시 가서 취하지 말고 여행자와 고아와 과부를 위하여 그냥 두라 하였고, 과일과 포도원의 포도를 딸 때에도 다시 되돌아 따지 말라고 하였다. 그래서 지금도 이스라엘에서는 추수할 때 일부러 이삭을 흘려놓는다는데 심지어 어떤 이는 추수한 곡식의 4분의 1을 이삭으로 남길 만큼 하나님의 계명을 철저히 지킨다고 한다.

지구촌에는 기아로 죽어가는 인구가 얼마나 많은가. 식량이 남아도는 국가에서 이스라엘 사람들처럼 가난한 이를 위하여 이삭을 일부러 떨어뜨리는 심정으로 사랑을 실천한다면 세계기아 문제는 단번에 해결될 것도 같다.

며칠 전에 아산만 간월도를 지나치며 보니 추수가 끝난

넓은 논에 수많은 철새가 앉아 있었다. 또한 하늘을 까맣게 수놓으며 날아가는 새떼의 모습은 장관이었다. 이곳은 H기업에서 아산만의 넓은 갯벌을 개간하여 논으로 만들었다. 간월도에는 겨울 철새가 머물기에 좋은 습지도 있지만 풍부한 먹이 때문에 모여든다는 것이다. 몇 년 전에 소떼와 함께 이곳에서 생산된 쌀을 가득 실은 트럭들이 북쪽을 향하여 끝없이 이어지던 감격이 지금도 생생하다. 드넓은 갯벌을 개간하여 기아에 허덕이는 동포들을 구하고, 또 남겨진 이삭들은 겨울 철새들의 풍요로운 먹이가 되고 있으니 이곳이 정녕 은혜의 땅인 듯하였다.

사람이 제아무리 싹쓸이로 추수를 한다고 해도 신은 기묘한 방법으로 이삭 하나를 남겨 놓아 다음 세대를 이어가게 한다. 뿐만 아니라 그 나락으로 가난한 이와 과부와 여행자, 날짐승까지 먹이신다. 종(種)을 이어가는 하나님의 지혜와 삼라만상을 먹이시는 은총에 새삼 감동한다.

이스라엘 사람들이 일부러 이삭을 떨어뜨려서 여행자와 고아, 과부를 먹이듯 나도 이제부터라도 짐짓 이삭 떨어뜨리는 연습을 해보고 싶다.

(1999. 겨울)

분홍색 스카프

출근길에 잠깐 선배와 차 한 잔을 마시고 압구정 역에서 지하철을 탔다. 마침 출입문 맞은편에 빈 좌석이 눈에 들어왔다. 앉으면서 보니 옆 좌석에는 성장(盛裝)한 앳된 아가씨가 앉아 있었다. 졸업시즌이니 애인 졸업식에라도 참석하는지 의상에 꽤 신경을 쓴 듯했다. 그런데 그녀가 두른 스카프와 내가 두른 분홍색 긴 스카프가 똑같았다.

조금 있으려니 예의 그 아가씨가 스르르 스카프를 목에서 내리더니 접어서 백에다 탁 집어넣는 게 아닌가. 그런 그녀의 손끝에 다분히 도전적인 표정이 담겨 있다.

'어! 이 아가씨 나와 같은 스카프라서 기분이 상했군. 야, 분홍색 스카프 네가 전세 냈니? 너 이 스카프가 이십

대부터 사오십 대, 심지어 할머니들에게조차 유행하는 건데 그게 그렇게 기분 나빴어.'

속으로 욕을 해줬는데도 나 역시 확 기분이 구겨지며 한마디 해줄까 말까 갈등이 일었다. 자기와 똑같은 스카프를 한 것이 무슨 잘못이라고 나에게 노골적으로 적의(?)를 나타내는가. 그런 그녀가 밉살스러웠다.

같은 색깔의 옷이나 스카프, 똑같은 모양의 액세서리를 한 여성과 마주치면 왠지 쑥스러운 건 여자들의 공통된 심리일 것이다. 역지사지, 그녀보다 비록 나이는 더 들었지만 나도 여자인데 같은 스카프를 한 그녀와 나란히 앉아가는 게 그리 반가운 일은 아니지 않겠는가.

몇 년 전에 복제양 돌리의 출현으로 세계가 떠들썩했다. 체세포를 이용해 똑같은 유전자를 가진 양을 복제한 것이다. 그러자 세계 각 나라에서는 인간에게 적용해서는 안 된다는 법을 만들어야 된다는 등 찬반 양론이 분분하였다. 그러나 아무리 법으로 규제해도 과학자들은 포기하지 않을 것이다. 그들 과학자들의 최종 목표가 사람임에랴.

얼마 전에는 아들이 교통사고로 갑자기 죽자 그 아들의 체세포를 이용하여 똑같은 아이를 만들어 달라고 과학자에게 의뢰한 사건이 외국에서 있었다. 그 부모의 소원대로 그렇게 해서 아기가 태어난다면 그 태어난 아이가 죽은 아들 그 자체일 수가 있겠는가. 아들의 체세포로 태어난 아기니 의뢰한 부모의 자식이 되는 건지 아니면 손자가 되는 것인지 판단 또한 서지 않는다.

최근에 인간유전자지도인 게놈이 완전히 밝혀졌는데 생각보다 유전자 수가 적어서 일찍 결과가 나온 것이라고 한다. 이제 인류의 불치병은 퇴치된다니 이렇게나 반가울 수가. 그런데 그동안 이 분야에 많은 연구비를 투자한 기업에서 거저 모든 인류에게 시혜를 베풀 리가 있겠는가 싶으니 그리 반길 일만도 아닐 성싶다.

돈 많은 이들은 앞다퉈 자식을 가장 이상적인 모습과 우수한 유전자로만 탄생시키려 할 것이고, 또 자신의 수명도 한없이 연장할 것이나 그만한 대가를 지불할 수 없는 보통 사람들에게는 그림의 떡인 셈이다.

이것으로 그친다면 그래도 다행일 것이다. 보통 사람보다 우수한 인자로만 유전자를 조작하여 탄생시킨 사람들이 정치, 경제 등 사회 전 분야를 장악하여 권력을 쥐게 될 것이고 보통 사람들은 그들의 피지배자, 노예가 될 것이라는 예상도 가능하다. 그러고 보면 부자가 아닌 나는 금세기에 가장 획기적인 사건인 게놈이 밝혀졌다고 좋아할 일

분홍색 스카프

만은 아닌 것 같고, 오히려 다가올 미래의 모습이 무섭고 두려울 뿐이다.

오늘 지하철의 그 아가씨는 똑같은 스카프 때문에 기분이 상했지만 앞으로는 스카프가 문제가 아닐 것 같다. 보이는 외형뿐만이 아닌 유전자까지 똑같은 복사판이 거리를 활보할 날이 곧 도래할 것 같기 때문이다. 그런데 미래시대에서는 오늘 지하철 안에서 그녀와 내가 벌인 감정싸움은 촌스런 구시대의 유물이라고 업신여김을 받지 않을까.

미래인(未來人)들은 현대인과는 사고방식에서 엄청 차이가 있을 것 같다. 지금까지의 사람들은 생로병사 오욕칠정으로 인하여 웃고 울었는데 미래사회의 가치관은 어떻게 변하여질 것인가 참으로 궁금하다.

우수한 인간들이 지배하는 사회이므로 희로애락(喜怒哀樂) 같은 감정이 없는 사회, 노인이 없는 사회, 범죄가 없는 사회, 질병이 없는 사회, 노동(勞動)이 없는 사회… 등 맹숭맹숭한 유토피아가 눈에 보이는 것도 같다.

(2000. 5.)

반자동 세대

출근하려는 나에게 어머니는 세탁기사용법을 묻는다. 의외의 물음에 나는 잠시 당황하였다. 이제껏 어머니는 물도 절약, 전기도 절약된다며 세탁기를 쓰지 않고 손수 빨래를 해오셨기 때문이다.

내가 직장생활에 전념할 수 있는 것은 순전히 어머니가 살림을 해주시는 덕이다. 그런데 어머니가 요즘 들어 기력에 부치는 듯 힘겨워 하신다. 그런 데다가 세탁기마저 고장이 나서 서비스센터에 의뢰하였더니 재생불능이란다.

어머니 생각을 하면 당장 들여놔야 하는 것이 세탁기지만 선뜻 들여놓지 못했는데 언니가 이사기념이라며 최신 전자동세탁기를 보내주었다. 그런데 가장 반길 줄 알았던 어머니가 "좋구나—" 하고는 왠지 뜨악한 표정이시다. 어머니의 신역(身役)을 덜어드리고 환해지신 얼굴이 보고 싶어서 큰돈을 쓴 언니는 실망이 큰 표정이었다.

"엄마, 이 세탁기 굉장히 좋은 거예요. 엄마도 텔레비전에서 보셨잖아요. 위 아래에서 팡팡 때려주어 빨래가 깨끗이 된다고. … 전에 쓰던 반자동세탁기처럼 세탁 따로 하고 다시 끄집어내어 탈수통에 넣을 필요 없이 세탁기가 알아서 다 해줘요."

나는 TV에서 본 광고 흉내까지 내며 분위기를 바꿔보려 하였으나 어머니는 끝내 안색을 펴지 않은 채 "요즘 세탁기는 못 써!" 하고는 더 이상 말씀을 않으셨다.

새 세탁기가 들어온 지 3개월이 지났건만 손으로 무거운 빨래까지 하시는 어머니의 고집을 누가 꺾을 수 있겠는가.

며칠 전 외숙모께서 다녀가셨다. 두 분 다 맞벌이하는 자식들 살림해 주느라 서로 연연(戀戀)해 하시다가 오랜만의 만남이니 정담이 끊이지 않았다.

무심코 두 분의 이야기를 듣고 있는데 외숙모께서 "요즘 세탁기는 못 써!" 한다. 그러자 어머니도 "뭐가 그렇게 복잡한지 당최 뭐를 눌러야 되는지, 또 무슨 놈의 단추가 그리 많은지, 전에 쓰던 반자동 세탁기가 좋았는데…" 하며

이선우 수필집

맞장구를 치셨다.

새삼 세탁기를 들여다본다. 세탁을 하기 전에 우선 삶을 빨래인지, 아니면 울빨래인지 찌든 빨래인지 구분하란다. 또한 세탁시간은 몇 분으로 할 것이냐, 헹굼을 몇 번 하겠느냐는 등 깨알같은 글씨가 수많은 단추에 촘촘히 박혀 있다.

세탁물에 맞추어 버튼을 눌러 입력해 놓으면 세탁기는 충실한 하인보다 더 정확하고 완벽하게 세탁을 끝내준다. 이렇듯 훌륭한 세탁기지만 "알아야 상놈도 부린다"고 세탁기를 다룰 줄 모르는 어머니에게나 외숙모에게는 그림의 떡만도 못한 존재가 전자동세탁기인 것이었다.

사무실의 동료 K는 몇 년 전부터 컴퓨터에 심취하더니 이제는 모든 사무를 컴퓨터로 처리할 정도로 컴퓨터와 가까운 사람이다. 그는 컴퓨터로 월간지 구독자 관리에서부터 은행 송금과 게임, 신문도 보고 음악 감상도 하는 등 내가 상상하는 분야를 이미 넘어섰다.

그는 때때로 나에게도 컴퓨터를 배워야 하는 당위성을 종종 역설하였는데 지금 그의 말이 현실화되어가고 있다. 이제는 컴퓨터를 모르는 컴맹들이 설자리가 점점 좁아져가고 있음을 실감하고 있다.

사무실에서도 이제는 컴퓨터를 다루지 못하는 사람은 나

하나로 좁혀졌다. 직원들은 인터넷을 통하여 정보도 교환
하고 채팅도 하며 저희들끼리 희희낙락한다.

나도 어떡하든 컴퓨터를 배워보려고 K가 지시하는 대로
키를 눌러보지만 하루만 지나면 다시 깜깜하였다. 내가 끙
끙대며 컴퓨터를 배우려고 드니까 K는 이제껏 권유해오던
것과는 달리 배우지 말란다. 왜냐고 되물었더니 한마디로
골치 아프다는 것이다. 골치 아픈 이유를 다시 캐물으니
컴퓨터는 끊임없이 새로운 정보를 주면서 새로 익히기를
요구한단다. 무시하면 되지 그러냐 했더니 편리한 것을 아
는 이상 그럴 수가 없는데 비극이 존재한단다.

K와 이야기를 하면서 나는 '너구리'의 우화가 생각났다.

너구리가 어느 날 토끼를 찾아왔다. "토끼님, 예쁜 털신
을 만들어왔어요. 올 겨울을 따뜻하게 지내세요"라면서 털
신을 선물하였다. 우쭐해진 토끼는 그 신을 신고 한 겨울
을 따뜻하게 지냈다. 봄이 되고 신도 해어졌다. 외출을 하
려는 토끼에게 난감한 일이 벌어졌다. 가시덤불과 돌짝밭
도 거침없이 내닫던 발바닥이 털신을 신고 겨울을 나는 동
안 연약해져서 맨발로는 땅바닥조차도 디딜 수 없게 된 것
이다. 다급해진 토끼가 너구리를 찾아갔다. 신발을 하나만
더 달라고 하자 너구리는 "안 돼. 신발이 필요하면 이제부

이선우 수필집

터는 사서 신어야 해" 거만하기 그지없었다.

그렇다. 우리들 모두는 편리하다는 세탁기, 전기밥솥, 컴퓨터 등에 속고 있는 어리석은 토끼들인지도 모른다. 육체의 편리함만을 쫓다가 두 손 두 발의 기능을 모두 잃어가고 있는 것이다.

어머니가 전자동 세탁기를 거부하는 것을 더 이상 너구리에게 속지 않겠다는 다짐으로, 또 아직은 두 손만은 이상 없다는 반자동세대의 시위쯤으로 이해하며 마음속으로 박수를 치고 있었다. 그런데 오늘 아침 어머니가 돋보기까지 쓰고는 전자동세탁기 사용법을 익히겠다는 것이다.

이쯤해서 너구리에게 항복하겠다는 신호인가. 문명이란 따뜻한 털신에 길들여진 어머니도 더 이상 맨발로 걷기에는 힘들 정도로 발바닥이 연약해진 것일까. 이제 어머니 신역이 좀 풀리겠다 싶으면서도 마음 한 구석에는 소중한 것을 잃은 듯한 허탈감 비슷한 감정이 인다.

나도 오늘 퇴근길에 컴퓨터학원에 수강신청을 해야겠다.

(1994. 4.)

왼손잡이

수저를 막 잡을 무렵이었다. 깔아놓은 멍석 위에서 온식구가 둥근 밥상에 모여 앉아 저녁식사를 했다. 다섯째인 내가 왼손으로 수저를 들고 밥을 먹다가 형제들과 부딪쳐 밥을 흘렸다.

그때 어머니가 내 손목을 탁 내리치면서 오른손으로 수저를 잡으라고 했다. 수저를 옮겨 잡았지만 제대로 되지 않자 다시 왼손으로 옮겨 잡았던가. 어머니가 또 내 손목을 때렸다.

왼쪽, 오른쪽 하며 연거푸 맞은 기억은 뚜렷한데 언제 매질이 멈추었는지는 생각나지 않는다. 무슨 일이든 끝장을 보는 어머니의 성품으로 그 날 나는 저녁도 못 먹고 매

이선우 수필집

만 맞았던 것 같다.

　최근에 어머니께 그 일을 말씀드리고 생각나시냐고 했더니 기억하지 못하셨다. 심하게 매질했다는 것이 마음에 걸렸던지 "그럼 왼손잽이를 그냥 둬. 버릇없이 키웠다는 소릴 듣게"라며 얼버무리신다.

　왜 그때 어머니는 내게 태어날 때부터 자연스럽고 익숙한 왼손사용을 인위적으로 억압하였을까. 그냥 그대로 둘 수는 없었던 것일까 하는 안타까움이 있다.

　동화 「미운 오리새끼」에서 오리새끼들 틈에 태어난 백조새끼는 오리들로부터 따돌림과 조롱, 업신여김을 받는다. 어미오리는 생김새가 다른 백조새끼 때문에 많은 애를 태운다. 어머니도 오른손잡이 세상에서 왼손잡이 자식이 미운 오리새끼가 되어 살아가게 될 것이 안쓰럽고 두려웠을 것이란 짐작이 어렵지 않다. 그러나 백조가 오리가 될 수 없었듯이 나 역시 어머니 눈에 띄는 수저질과 글씨 쓰는 것 외에는 왼손버릇은 끝내 고쳐지지 않았다.

　그렇게 매를 맞은 이후로 내 뇌리에는 왼손사용은 나쁜 짓이란 의식이 굳어졌던지 사람들 앞에서 왼손을 쓸 때면 수치심 같은 걸 느끼곤 했다. 그 나쁜짓(?)은 될 수 있으면 하지 않으려 했다.

친구들과 공기놀이를 할 때 나는 처음에는 짐짓 오른손으로 한다. 그러면 손이 굼떠서 공깃돌을 자꾸 놓친다. 내 편이 자꾸 지니 친구들은 왼손으로 하라고 조른다. 마지못해 왼손으로 공기놀이를 한다. 어찌나 공깃돌이 손에 착 달라붙는지 왼손잡이인 나보다 더 잘하는 친구는 없었다.

어느 때부터인가, 왼손 사용이 나쁜 것만은 아닐 것이란 생각이 들었다. 아무도 없는 곳에서는 공치기나 고무줄, 요리할 때 왼손을 사용하였다. 왼손 사용은 나를 편안하고 자유롭게 하였다.

사람의 왼쪽 뇌는 논리적인 부분을, 오른쪽 뇌는 감각적인 부분을 주관한다고 한다. 그래서 그런지 운동선수 중에 왼손잡이가 많고 예술계에도 왼손잡이 비율이 상대적으로 높다고 한다.

초등학교 6학년 때 담임선생님은 나에게 그림에 소질이 있다며 개인지도를 해주었다. 그 덕에 큼직(?)한 상을 몇 번 탔다. 내친 김에 화가가 장래 희망사항으로 구체화되었다. 중학교에 진학해서도 미술선생님의 지도를 받으면서 그림을 얼마간 그렸다. 그런데 가슴속에서 꿈틀거리는 무엇이 느껴지는데 붓으로 표현이 되지 않아서 속상하였다. 지금도 나는 직장에서 감각적인 면을 요구 당할 때가 있는

이선우 수필집

데 어느 선에서 생각이 멈추고는 더 앞으로 나가지 못한
다. 이럴 때면 나는 혹시 어릴 적 어머니 앞에서 왼손 사
용을 억제 당한 후유증(?)이 아닌가 하는 의구심을 갖는
다.

나의 오른손은 흉터투성이이다. 오른손용 칼과 가위를
사용하다가 입은 흔적들이다. 그 중에서도 검지손가락의
수난은 멈출 날이 없어서 늘 무명헝겊에 묶여 있어야만 했
다. 오른손잡이용으로 제작된 칼과 가위는 나에게는 무기
였다. 왼손으로든 굼뜬 오른손으로든 칼과 가위 다루기가
어린 나에게는 어찌나 어렵던지, 힘을 주면 칼이나 가위가
예상 밖의 방향으로 퉁겨나가 손에 상처를 입히곤 했었다.

나는 '오른손'과 '바른손'을 동의어(同義語)로 규정한 국어
사전의 정의에 거부감을 느낀다. '바르다'의 속뜻은 "비뚤어
지거나 굽지 않고 곧다. 도리나 사리에 어긋남이 없다"라
는 의미이다. 다수가 오른손 사용이 편리하고 익숙하다고
해서 오른손사용을 바른 사용이라고 한 정의에서 다수가
휘두르는 힘의 지배원리가 느껴지기 때문이다. 마치 오리
들 틈에 낀 한 마리의 백조가 당하는 수모로 받아들여지는
것은 왼손잡이의 자격지심일까.

내가 왼손잡이가 되고 싶어서 된 것은 아니다. 어릴 적

사용을 억제 당하고 어머니에게 매까지 맞았지만 뜻대로 되지 않았고 지금까지도 나에게는 왼손사용이 편하고 능률적이다.

이 작은 버릇 하나로 인하여 입은 상처가 나의 성격형성에 영향을 미쳤을 것 같다. 다수의 의견에 대한 반감이라든가, 소수자가 당하는 불이익에 대한 반발과 동정심이 발동하는 게 심한 걸 보면….

왼손잡이로서 오른손용 칼이나 가위를 사용할 수밖에 없어서 수없이 손가락에 상처를 입었다. 그런데 나의 상처와는 비교가 안될 정도로 장애인들이 입었을 상처는 훨씬 많을 것이다. 나 역시 잘 들지 않던 칼과 가위가 되어 그들에게 무관심하였던 건 아니었던가 되돌아본다.

그렇게나 업신여김을 받았던 백조새끼가 어미오리의 보살핌으로 넓은 하늘을 자유롭게 날아갔듯이, 장애인들도 사람들의 따뜻한 시선과 배려로 불편 없이 거리를 활보하게 되기를 바래본다. 또한 정책적으로도 그들에게 사회참여의 기회가 많이 부여되기를 소망해본다.

(1992.)

목련을 보며

사무실 동창(東窓)을 여니 눈이 부시다. 웬 조화인가 싶어 고개를 길게 빼고 내려다보니 눈앞에 새하얀 날개들이 와락 가슴에 안겨든다.

'아, 목련이 피었구나.'

사무실에서 만개한 목련꽃을 보게 된 것은 뜻밖의 횡재였다. 입주한 지 4년이 되는데 이곳에 꽃밭이 있는 것조차 몰랐다. 목련이 서 있는 이곳을 굳이 꽃밭이라고 표현했지만 적당한 표현인지 모르겠다.

을지로와 청계천 사이에 위치한 이곳 건물들은 양쪽으로 나있는 차도를 중심으로 사람이 등을 기댄 것처럼 서로 등지고 세워졌다. 그래서 우리 건물 뒤편은 뒷건물의 뒤편이

기도 하다. 건물 뒤편이므로 폐자재들이 쌓여 있고 지저분
하기 때문에 여간해서는 열게 되지 않는다.

우리 사무실 동창을 열면 은행건물인데 은행이라는 특수
함 때문인지 2층까지 창문이 없는 콘크리트 옹벽이고 그
옆에는 단층 공구상가 옥상이다. 그 옥상에 창고인 듯한
천막이 있고 나머지 공간에는 LPG통, 플라스틱 의자 등
폐자재들이 아무렇게나 뒹굴고 있다. 건물들 사이로 을지
로와 청계천을 연결하는 길이 한두 뼘 정도 보이는데 그
길을 자동차들이 쉴새 없이 나타났다가 사라지곤 할 뿐,
주변이 온통 회색건물들 뿐이다. 고개를 길게 뽑아야만 겨
우 뿌연 하늘이나마 올려다 보인다.

이런 충충한 건물들이 앞을 막아서는 것처럼 올봄 막막
한 일을 겪고 있었다. 그런데 무심결에 연 동창에서 뜻밖
에 보게 된 목련꽃은 검은 구름을 걷어가듯 나의 우울한
마음을 활짝 거두어 가는 듯하다.

나는 집안 일, 회사 일로 많이 지쳐 있었고 우울했다.
해동(解冬) 무렵 어느 날 아침, 잔병치레 한번 없던 친정어
머니에게 느닷없이 중풍이 왔다. 연세가 높다고는 해도 그
동안 집안살림을 도맡아 하셨던 어머니이기에 언제까지나
건강할 분으로 여겼었다. 그런 나의 무신경함에 가슴을 쳤

고 완치가 될 수 있을까 하는 염려로 불안했다.

어머니의 병환에 매달려 있는 사이 회사 일도 제대로 되는 게 없었다. 출간되는 서적마다 문제가 자꾸만 일어났다. 사무실에서 편집과 인쇄까지 꼼꼼하게 챙기고 점검하여 제본소에 넘겼는데 제본단계에서 엉뚱한 문제가 생기는가 하면, 다된 책을 저자가 인물사진이 마음에 들지 않는다고 다시 해달라며 떼를 썼다. 물질적인 손실은 차치하더라도 정신적 고통으로 시달리고 있었다.

4년 동안이나 이곳에 목련나무가 있는 줄을 어째서 몰랐을까. 자세히 살펴보니 시멘트 포장이 된 좁은 공터는 폐자재 등 쓰레기 더미가 쌓여 있고 우리 건물에 붙여서 가로 2미터, 세로 4.5미터쯤 되게 화단을 만들어 놓았다. 그곳에 키 큰 목련 한 그루와 아기목련 세 그루가 옹색하게 손잡고 서 있다.

그게 이 봄 꽃을 활짝 피운 것이다. 목련꽃은 환한 얼굴로 사람 사는 것이 별게 아니니 그리 고통스럽게 생각하지 말라 하는 것 같다. 문득 나를 위로하시려는 하나님의 선물 같다는 생각까지 드는 것은 괜한 말이 아니다.

이 목련꽃은 누가 일부러 꽃밭에 가지 않는 한 4층 우리 사무실에서만 유일하게 볼 수 있게 되어 있었는데 3층은 앞 건물 천막에 가려서, 5층에서는 화단이 건물에 바짝 붙어 있어서 목련꽃이 보이지 않는다. 내가 심지도 가꾸지도 않았고 더구나 은행건물 터에 심겨진 목련꽃을 내것인 양 누리는 호사, 복권에 당첨된 것보다 더 큰 행운을 거머쥔 것 같은 기쁨이다.

진부한 표현이지만 마음을 조금만 비워도 목련꽃을 바라보며 마음에 평화를 누릴 수 있음을 깨닫는다. 움직임이 부자연스럽기는 해도 예전처럼 살림을 해주시려 애쓰는 어머니가 계시니 감사하고, 직장에는 내 손길을 기다리는 일이 있으니 행복하고, 가족을 위해 땀 흘리는 남편의 수고에 마음 든든하다.

얼마 전 제책소의 실수로 다 된 수필집을 폐지로 실어보낼 때만 해도 머리 속이 산란했다. 그러나 다시 제본된 말쑥한 새 수필집을 손에 쥐고는 그동안의 속앓이를 훨훨 날려보냈다. 새책을 받은 저자는 당연한 일인데도 나의 금전적 손실에 대하여 진정 가슴 아파해 주었다. 자칫 둘의 관계가 서먹할 수도 있었을 터인데 이 일을 계기로 친구 이상이 되었다. 그분은 앞장서서 책을 팔아주고 문인들을 소개해 주는 등 나를 도와주었다. 그러고도 어느 날 남녘 특산물인 갓김치를 한 상자 보내왔다.

이선우 수필집

　살아가다 보면 올봄처럼 깊은 터널 속에 갇힌 듯 답답한 경우도 만나리라. 외진 건물의 그늘에 가려서 긴 겨울을 인내로 견디고 봄날 아침 환하게 자신을 드러낸 목련꽃처럼 계속 한 길을 가다보니 언젠가는 환한 햇살 밖으로 나오리라는 믿음을 가질 일이다.

　목련이 아니더라도 창문을 자주 열어야겠다. 더구나 마음문은 활짝 열고 살 일이다.

　오늘은 일찍 퇴근하여 뜨끈뜨끈한 밥에 갓김치를 서리서리 감아서 양껏 저녁밥을 먹어야겠다.

(2002. 5.)

같은 편

　편이 있다는 건 언제든 마음이 든든하다. 내가 잘 되기를 응원해 주고 좋은 일에 함께 기뻐해 주고 슬플 때 위로가 되어주는 진정한 편이 있는 사람은 행복한 사람이다.

　제목은 잊었지만 주말의 명화에서 본 TV 영화이다. 한 흑인소녀가 어머니 심부름을 갔다오다가 불량한 백인 청년들에게 성폭행을 당하고도 말로는 더 옮길 수 없는 험한 일을 당했다. 목숨은 겨우 건졌으나 그 소녀는 여자로서의 생명은 영원히 잃게 되었다. 소녀에게 몹쓸 짓을 한 청년들이 경찰에 체포되어 재판정에 들어서는데 소녀의 아버지가 그들을 쏘아 죽인다.

　소녀의 아버지를 기어이 사형대에 앉히고 싶은 백인 검

사와 백인들로만 구성된 배심원들에 대항하여 한 백인변호사가 그를 구하기 위해 동분서주 심혈을 기울인다. 그 변호사는 온갖 지혜를 짜서 그가 무죄임을 주장하지만 그럴수록 백인 우월주의자들의 반발과 테러로 변호사의 가족까지 안전을 위협받는다. 이쯤에서 변호사도 그의 아내도 갈등한다. 그렇지만 자신의 어린 딸을 보면서 다시 힘을 낸다.

영화를 보는 동안 나는, 나라도 그런 놈들은 죽여 마땅하다는 울분이 솟구쳤지만 소녀의 아버지는 상황이 점점 불리해진다.

마지막 법정에서 변호사는 거의 절망적인 상태에서 최후변론을 한다. 배심원들에게 눈을 감고 자기의 이야기를 들어달라고 한다. "흑인도 백인도 아닌 그저 한 소녀가 당신들의 딸이라고 생각하고 내 얘기를 들어주십시오"라면서 소녀가 당한 사건의 전모를 아주 느린 말투로 천천히 재현한다. 그런데 그가 변론을 마쳤을 때 기적이 일어났다.

흑인에게 배타적이었던 배심원들이 모두 부모편이 되었는데 그들은 나라도 그놈들을 쏴 죽였을 것이라는 의분이 솟구치게 되었고 소녀의 아버지는 드디어 '무죄' 판정을 받는다.

아프가니스탄의 전쟁 중에 폭탄을 맞아 팔이 잘려나간 어린이가 병상에 누워서 커다란 눈망울을 불안스레 굴리던 모습을 보면서 심장이 심하게 쿵쾅거렸다. 그 눈망울이 내 아이 눈망울과 겹쳐지니 그 아이의 아픔이 내 아픔으로 전이되면서 통증이 왔다.

요즘 미국에서는 9·11테러 일주년을 며칠 앞두고 알카에다 잔당을 소탕하고 그동안의 요주의 인물였던 후세인을 제거하기 위하여 이라크에 폭격을 가하였다. 그런데 백악관 앞에서 검은 상복차림인 몇 명의 미국여인들이 침묵시위를 하고 있었다. "모든 전쟁을 반대한다. 전쟁으로 어머니들의 자식들이 죽어가는 걸 반대한다"는 이슈였다.

그녀들의 이슈는 요즘 나의 화두와도 일치하는 것이어서 감동스러웠는데 국가나 이념을 초월하여 자식의 죽음을 막아보겠다는 게 그 어머니들의 생각이고 침묵 시위하는 이유였다. '어머니'라는 단어 앞에서는 모두가 한 편이라는 걸 확인하는 사건이었다.

천원짜리 한 장이면 지구촌 어느 가정은 하루 식사를 할 수 있다고 한다. 언젠가 을지로 지하도를 걷는데 국제기아대책기구에서 초록색 저금통을 하나씩 나누어주고 있었다. 지금도 세계 어느 곳에서는 어린이들이 기아에 허덕이고

이선우 수필집

있고 구호의 손길을 기다리고 있다.

어머니는 가끔 옛날 보릿고개 이야기를 하실 때가 있다. 그때는 어느 집이든 먹을 게 귀했다고 한다. 그런 중에도 아무개네 집 굴뚝에 연기가 나지 않으면 찾아가 죽이라도 서로 나누어 먹었다고 하셨다. 옛날 우리의 어머니들은 이웃이 굶는 것을 내 자식이 굶는 것으로 여겨 죽이나마 나누었던 것이다.

현대를 사는 어머니들도 해야 할 일이 있을 것 같다. 지구촌 어디에서 굶는 자식이 있어서는 아니 되겠다는 생각으로 어머니들이 뭉친다면 전쟁도 멈추게 할 수 있을 것 같고 이념 같은 건 시시해질 것 같다. '세계어머니협회' 같은 기구쯤 하나 창설하여 어머니들에게 세상을 맡겨보면 좋겠다는 꿈을 꿔본다.

(2002. 9.)

마라톤 경주

　기독교에서 믿음의 조상이라 일컫는 아브라함은 100세에 아들 이삭을 얻는다. 그런데 어느 날 하나님으로부터 그 아이를 제물로 바치라는 청천벽력과도 같은 명령이 떨어진다.

　아브라함은 명령대로 제단을 쌓고 단숨에 아들을 칼로 내려치려 한다. 그의 충성을 시험하던 하나님이 깜짝 놀라서 다급하게 중지시킨다.

　기독교 신자인 나이지만, 아브라함이 이삭을 바치는 말씀을 대할 때면 마음속으로 '하나님, 저에게는 아브라함 같은 시험을 절대로 하지 말아 주십시오. 저는 감당 못합니다' 하며 지레 겁을 먹는다.

나에게는 40이 다되어 얻은 딸 환이가 있다. 그런데 나는 딸아이에 관한한 이성적이지 못하고 감정이 앞서는 우를 범하곤 했다.

초등학교 1학년이 된 환이가 운동회 연습으로 달리기를 하였다고 한다.

"몇 등 했니?"

"7등인지 8등인지 잘 몰라요."

"몇 명이 달렸는데?"

"일곱 명인지 여덟 명인지 생각이 잘 안 나요."

아이가 달리기는 웬만큼 하는 걸로 알았는데 꼴찌를 했다니 실망스러웠다. 키 큰 아이들과 달리기를 했냐고 재차 묻는 어미에게 달리다가 힘들어서 쉬었다가 달렸다고 한다. 태생부터 건강하지 못한 아이인데다 요즘 날마다 하는 운동회 연습이 버거운 듯 많이 지쳐 보였다.

운동회 날, 나는 아예 결근하고 학교 운동회에 갔다. 앞순서에 배정된 1학년 달리기를 보기 위해 일찍 학교에 나가서 도착지점 앞에 자리를 잡았다.

드디어 딸아이와 다섯 명의 아이들이 나란히 출발선에 섰다. 나는 100여 미터 거리에 있는 딸아이를 금방 알아볼 수 있었다. 나도 일어섰다. 그 다음 내 행동은 잠시 필

마라톤 경주

름이 끊긴 듯하다. 정신을 차렸을 때는 운동장 중간지점의 과자먹기 코너에서 "환이야, 빨리, 빨리…"라며 발을 굴러 대고 있었다. 이러는 나에게 내가 당혹스럽다.

1학년 어머니들은 두 명씩 교대로 학교에 나가서 아이들 점심 배식을 해주고 교실청소까지 해야 한다. 나는 배식 당번이 돌아오면 아예 오전 근무는 포기할 수밖에 없다.

언젠가 급식을 마치고 교실청소를 하는 중이었다. 담임 선생께서 사용한 휴지를 들고 서있는 게 내 눈에 들어왔 다. 순간 담임선생 앞으로 달려나가 극구 사양하는 휴지를 낚아채서 버리고 있는 나의 굴욕적(?)인 처세…. 남편이 이런 내 모습을 보았다면 얼마나 실소하였을까. 나는 내가 사용한 휴지도 아무 데나 던져두고, 벗은 옷조차 걸기가 귀찮다고 그 자리에 놓아서 늘 남편으로부터 잔소리를 듣 고 있다.

친하게 지내는 선배가 교육구청 주최로 자녀교육 수기공 모에서 우수상을 탔다.

선배 동네도 과외열기가 뜨거운 곳이다. 선배는 딸아이 건이에게 학과과외는 일체 시키지 않았고 피아노만 아이가 원해서 시켰다. 주변에서는 학원에 보내고 심지어 과목별 로 그룹을 지어 과외를 시켰는데 선배도 처음에는 건이만

낙오되는 게 아닌가 불안하였다. 그러나 인생이라는 긴 여정의 마라톤코스를 완주해야할 아이가 이제 출발선에 서 있는데 처음부터 질주하게 할 수는 없었단다.

학과과외는 시키지 않았으나 대신 아이가 흥미를 끌만한 책을 옆에 놓아두어 스스로 읽게 하였고, 교육방송과 영어만화 비디오를 함께 보면서 강요가 아닌 자율적으로 익히게 하였다.

이제 고등학생이 된 건이의 초등학교 성적은 중간정도였는데 중학교부터 실력이 두드러지기 시작하였다. 중학교부터는 학과 과외를 시키려 하였는데 혼자 하는 학습에 익숙해진 아이가 거부하였다. 중학교 내내 성적은 선두 그룹에 속했고 영어 실력은 웬만한 원서(原書)는 직접 읽는단다.

선배는 아이가 스스로 학습하도록 자기는 지켜보았을 뿐이라고 하였지만 그의 말속에는 느긋하게 인내하며 아이가 눈치채지 못하도록 방향을 제시해주고 잡아준 것임을 알 수 있었다.

선배는 내 딸 환이가 초등학교 입학하기 전부터 자기의 경험담을 얘기해 주면서 자기처럼 환이도 믿고 길러보라고 권유하곤 했다. 그런데도 매사에 심약한 나는 다른 어머니들과 비교하며 늘 흔들리고 있다. 요일별로 학습 과외를

마라톤 경주

하고, 그룹을 지어 예체능 개인지도를 받는 딸아이 친구들을 보면서 우리 애만 낙오되는 건 아닐까 염려스러운 것이다.

선배 말대로 인생은 단거리 경주가 아닌 마라톤에 비유할 수 있겠다. 그렇다면 우리 아이는 아직은 출발선에 서 있는 것에 불과한데 처음부터 질주하라고 하여 지치게 하여서는 안될 것 같다. 지금은 천천히 호흡을 가다듬는 연습부터 시켜야 될 것 같다.

(2002. 3.)

활자와 더불어

유유상종(類類相從)이라고 사회에 나와서는 같은 직종(職種) 사람들끼리 친구가 되는 경우가 많다. 같은 일을 하니 관심사가 비슷하다보니 자연 취미도 같아지고 대화도 풍부해지기 때문이다. 내가 사회에서 사귄 친구는 대부분 출판사나 잡지사, 신문사 편집자들로 모두 활자와 더불어 사는 사람들이다.

그들과 자주 뭉치던 시기는 80년대 말로 우리 모두는 이십대 후반이었다. 일주일이 멀다 하고 퇴근길에 인사동 어두컴컴한 찻집에 모여앉아 수다를 떨곤 했다. 가끔은 여행도 하고 해가 짧은 겨울에는 디스코장에 몰려다니기도 하였다.

그때 우리들끼리는 사람의 생김새를 은어로 표현했다. '명조' '고딕' '그래픽' '예서' 등 사람의 생김새와 성격에 따라 활자체로 별명을 정했는데 예를 들어 부드럽고 온유한 사람은 명조, 그러나 키가 좀 크면 장체(長體), 아주 말라깽이면 장을 더 주고 키가 작으면 평체(平體), 땅딸보는 평이 많다 하면 우리들끼리는 다 알아들었다.

명조체 사람보다 성격이 과묵하거나 뚱뚱하면 태명조, 딱딱하거나 성격이 모난 사람은 고딕, 고딕에서도 더 별나면 태고딕, 세련되고 멋진 사람은 그래픽, 예술가 타입의 사람에게는 예서체… 이런 식으로 사람을 글씨체에 비유하면서 깔깔거렸다. 그런데 그때는 활자체가 많지 않았기에 가능했지, 수없이 많은 요즘 같았으면 분류하느라 머리깨나 아팠을 것 같다.

한창 편집에 재미를 붙였을 초보시절 나는 새 활자체가 나오면 편집하면서 자주 사용하였다. 기껏 예쁘고 눈에 확 들어오는 활자체로 마무리하여 OK 사인을 받고자 윗분에게 보이면 평범한 것으로 바꾸라는 퇴박을 받았다. 나는 속으로 '너무 고루하다, 시대 감각을 그렇게도 모르냐'며 불만과 화를 삭이느라 무진 애를 썼었다.

지금까지 출판에 관계된 일을 하고 있는 나는 자고 일어

이선우 수필집

나면 대하는 게 활자다. 그러고 보니 나는 활자와 더불어 청춘을 보내고 늙어가고 있다고 해도 과언이 아닌 것이다.

내가 출판사에 입사할 80년대 초만 해도 활자체 종류는 손가락으로 꼽을 정도에 불과하였다. 그런데 지금은 활자체만 개발하는 전문회사가 있고, 또 개인이라도 활자 디자인 쪽에 관심과 능력이 있으면 컴퓨터로 얼마든지 만들어 내니 활자체 홍수시대에 살고 있는 것 같다.

이렇듯 다양한 활자체 속에서도 내가 가장 아끼고 많이 사용하는 것은 역시 명조체다. 언제 대해도 눈에 거슬리지 않고 편안함을 주기 때문이다. 그래서 언제든 책의 본문은 명조체를 사용한다. 언젠가 눈에 익지 않은 공한체를 본문으로 사용한 작품집을 선사 받았다. 첫눈에 색다른 편집이 신선하고 접하고 싶은 분야의 내용이어서 호감이 갔는데 그 공한체가 어찌나 눈을 피로하게 하는지 서너 페이지 이상 한 자리에서 읽을 수가 없어서 아쉬웠다.

사람도 활자와 대비해 보면 역시 명조체 같은 사람과 대화할 때 편안하다. 군계일학(群鷄一鶴), 뛰어난 분과 오랜 시간 대화를 나눈다면 나는 너무나 지칠 것 같다.

명조체 다음으로 애용하는 것은 고딕체이다. 고딕체는 본문에서 강조할 부분이나 중간 단락의 제목으로 사용한다.

지금은 고딕체보다 돋보이는 활자체가 많이 발명되어 편집자들에게 사랑을 받고 있으나 그래도 나는 여전히 고딕체를 선호(選好)한다. 명조체를 기죽이지 않으면서도 조화를 이루며 제 역할에 충실한 고딕체는, 연회의 주인공이 지나친 차림으로 손님들과 조화를 이루지 못하는 것보다는 약간 두드러짐으로써 더 품격이 느껴지는 것과 같은 이치로 여겨 애용하는 것이다.

그 다음으로 나는 그래픽체를 아주 조금 사용한다. 이 체는 예쁜 글씨체여서 꽃으로 치면 장미꽃에 비견될 수 있어서 음식을 할 때 양념이나 고명을 얹는 기분으로 사용하게 된다. 많이 사용하면 책이 품격을 잃게 되기 때문에 사용을 절제하는 것이다. 그런데 가끔은 그래픽체 같은 사람을 만나서 삶에 자극을 받고 싶어진다. 산뜻하고 세련된 몸가짐과 신선한 화제로 활력을 불어넣는 사람이 그래픽체 같은 사람일 것이다.

나는 출판계에서 일한 지가 20년이 넘는다. 그 많은 세월 동안 활자세계는 엄청난 속도로 발전하였다. 인쇄문화가 끊임없이 발전을 거듭하였으나 요지부동 활판(活版)이 천년이 넘는 세월을 지배해 왔다. 내가 출판계에 입문한 80년대 초 그 활판시대가 잠깐 있었으나 곧 사양길로 접

이선우 수필집

어들었고 청타, 공타 시대를 거쳐 사식(寫植)시대, 이제는 누구든 책을 펴낼 수 있는 전자출판 시대에 이르렀다.

이제 가정에서조차 PC는 식구수대로 보급이 될 정도가 되었다. 활자체를 발명하여 큰돈을 버는 사람들도 생겨나고 활자그래픽에 재능이 있는 이는 도전해볼 만한 분야가 되기도 하였다. 그런 만큼 이제는 헤아릴 수 없을 만큼 많은 활자체가 범람한다. 그런데도 대형서점의 어느 책을 열어보아도 대체로 본문은 명조체의 범위를 벗어나지 않은 것을 보면 명조체를 능가할 만한 활자체는 아직 개발이 되지 않은 것 같다.

활자체만큼이나 많은 각양 각색의 사람들이 모여 이룬 것이 우리 사회이다. 책을 만들 때 명조체가 전체를 이끌어가듯 두드러지지는 않으나 사회를 구성하고 있는 사람들은 명조체와도 같은 서민들이다. 권력을 쥔 이들이 서민들에게 군림하지 않고 봉사하는, 명조와 조화를 잘 이루는 고딕체 정도의 역할로 만족하는 사회가 되면 좋겠다.

(2002. 9.)

가랑비에 옷 젖듯

두 마리 토끼를 잡으려고 하면 둘 다 놓친다는 이야기가 있다. 그런데 나는 그 해 두 마리의 토끼를 잡았다. 우리 회사에서는 주로 수필집만을 출간하였는데 나의 젊음이 수필과 함께 사라져버렸다.

편집자 생활 10년쯤 접어들 무렵 회사에서는 『수필문학』을 창간하였는데, 나는 이것을 계기로 수필 속에 깊숙이 발을 들여놓게 되었다. 『수필문학』은 처음에는 격월간으로 신인을 배출하였는데 내 직책이 편집부장이었으므로 잡지사를 산부인과에 비한다면 나는 의사를 돕는 수간호사쯤의 역할이었다고나 할까. 아무튼 새로 탄생하는 신인들을 대할 때마다 나도 작품을 쓰고 싶다는 생각을 언제부터

이선우 수필집

인지 하고 있었다.

내가 등단한 것을 우연이었다. 직업을 사랑하여 맡은 일에 몰두하다 보니 가랑비에 옷 젖듯 생활 자체가 수필화되었던 것일까. 어쩌다 무슨 특이한 사건을 접하게 되면 나름대로 구성도 해보고 직접 끄적거려 보기도 하였다.

그런 나를 지켜보던 K선생님은 등단하기를 권하였다. 그래서 작품을 써서 K선생께 보여드리곤 하였는데 그것으로 초회추천과 추천완료를 받았던 것이다. 내가 큰 어려움 없이 다른 이들보다 쉽게 등단하였던 것은 홈그라운드의 혜택을 본 경우일 것이다.

작가들은 창작의 고통을 산고의 아픔에 견준다. 그런데 내가 문단에 데뷔한 것을 생각하면 부끄러움이 앞선다. 그 산고의 고통을 거치지 않고 비교적 쉽게 태어난 내 글에서는 익지 않은 풋과일 냄새가 났기 때문이다.

산고를 심하게 겪지 않은 탓일 것이다. 등단하고 나자 나는 실제로 아이를 낳고 싶은 무모함까지 생겼다. 등단한 같은 해 뒤늦은 결혼을 했고 아이도 낳은 것이다.

앞서 내가 두 마리 토끼를 잡았다고 흰소리를 친 것은 그 해 94년도에 나는 수필가가 되었고 한 아이의 엄마가 된 것을 이르는 말이다. 그런데 하나님은 모든 이에게 공평하신 분이다. 어느 것 하나 거저 주시는 법이 없고 반드시 그 대가를 요구하는 분이셨다. 두 마리 토끼를 잡았다지만 어느 것 하나 온전하지 못하고 미숙아를 낳았으니 말이다.

글쓰기를 권하며 틈틈이 조언을 해주는 Y선생님은 등단을 축하해주면서 작품 속에 오류와 미숙한 표현을 하나하나 지적해 주셨는데 부끄러워 몸둘 바를 몰랐다. 채 익지 않은 과일을 성급히 진열대에 내놓은 꼴과 다름없었다. 타고난 문학적 재능도 부족한데다가 문학 공부 또한 제대로 하지 않고 등단의 문을 통과한 때문이다.

아기의 출생신고를 하려고 하니 의사의 증명서가 필요했다. 의사는 아기 건강 소견란에 '지극히 불량'이라고 적어 놓았는데, 그것은 몸무게 1킬로그램밖에 되지 않은 아이를 7개월만에 성급히 출산하였기 때문이다. 그런 아이가 이제는 미숙아 상태를 이미 오래 전에 벗어나서 제 또래 아이들보다 키가 더 큰 편이고 유치원에도 보내달라고 조른다. 그러나 내 수필은 여전히 미숙아 상태에 머물러 있으며 건강상태 또한 '지극히 불량'인지도 모른다.

장미나 백합과도 같은 향기로 독자를 사로잡는 수필을 읽을 때가 있다. 그런 글을 쓰는 작가를 나는 한없이 부러

이선우 수필집

위한다. 그런 글을 읽을 때 나는 실내장식이 잘된 찻집에서 훌륭한 분과 품격 있는 대화를 나누는 것 같은 기쁨과 감동을 받는다. 그런데 언제부터인지 우아하고 고고하여 오만하기까지 한 장미나, 순결하여 세상의 때가 묻지 않은 것 같은 백합보다는 풀숲에 피어 있는 자그마한 들꽃에 마음을 뺏기고 있다.

나는 문학성 높고 품격 있는 글을 쓸 재간은 없는 것 같다. 다만 부단히 노력한다면 미숙한 상태에서 벗어나 들꽃과 같은 향기와 소박함은 지닐 수 있지 않을까 하는 희망을 가져볼 뿐이다.

(1998. 여름)

가랑비에 옷 젖듯

그 날의 축제

1판 1쇄 인쇄 | 2002년 11월 20일
1판 1쇄 발행 | 2002년 11월 25일

글쓴이 | 이선우
펴낸이 | 이선우
펴낸곳 | 도서출판 선우미디어

등록 | 1997. 8. 7 제2-2416호
100-193 서울 중구 을지로3가 104-10 신성빌딩403
☎ 2272-3351, 3352 팩스: 2272-5540
e-mail : sunwoome@hanmail.net, sunwoome@yahoo.co.kr

Printed in Korea ⓒ 2002 이선우

값 | 7,500원

잘못된 책은 바꿔 드립니다
저자와의 협약으로 인지는 생략합니다

ISBN 89-5658-012-X 03810

이 책은 한국문예진흥원 지원금 일부를 지원 받아 제작하였습니다